曹阿娣 著

勇敢的「胆小鬼」

中国纺织出版社有限公司

内 容 提 要

胆小怯懦、恐惧自卑，困扰着很多像曲娟一样的孩子，他们苦苦挣扎，却像被捆住了手脚；他们想像别的孩子一样，上课积极发言，下课与同学打成一片，可是一站起来就说不出话，看到同学热闹地玩笑却无法参与；他们想为父母分忧，可总变成了拖累；他们心思细腻，情感充沛，可就是找不到宣泄的出口……这样的孩子更需要社会、学校和家庭的关爱，需要科学方法的帮助，需要心理疏导和健康指导。在家长和老师的正确帮助下，他们会慢慢建立自信，变得越来越勇敢，在阳光下健康快乐成长。

图书在版编目（CIP）数据

勇敢的"胆小鬼" / 曹阿娣著 .-- 北京：中国纺织出版社有限公司，2020.10

（心中的萤火虫：青少年心理治愈丛书）

ISBN 978-7-5180-7859-2

Ⅰ.①勇… Ⅱ.①曹… Ⅲ.①故事—作品集—中国—当代 Ⅳ.① I247.81

中国版本图书馆 CIP 数据核字（2020）第 172660 号

策划编辑：李满意　胡　明　　责任编辑：张　强
责任校对：王花妮　　　　　　　责任印制：王艳丽

中国纺织出版社有限公司出版发行
地址：北京市朝阳区百子湾东里 A407 号楼　邮政编码：100124
销售电话：010—67004422　传真：010—87155801
http://www.c-textilep.com
中国纺织出版社天猫旗舰店
官方微博 http://weibo.com/2119887771
天津千鹤文化传播有限公司印刷　各地新华书店经销
2020 年 10 月第 1 版第 1 次印刷
开本：880×1230　1/32　印张：5.625
字数：84 千字　定价：30.00 元

凡购本书，如有缺页、倒页、脱页，由本社图书营销中心调换

目录

Contents

1 体育课风波 /001

2 温室里的花朵 /022

3 她的心理素质太差 /043

4 不能给人取绰号 /052

5 称职的小组长 /067

6 培养她的自信心 /088

7 她要参加英语比赛 /103

8 妈妈要出差 /119

9 她有一颗感恩的心 /141

10 见义勇为的小英雄 /156

后记 /171

体育课风波

上课铃响了,王老师看了看墙上的课表,五年级三班这节课是体育课。她收拾好办公桌上的东西,摊开作文本,准备静下心来批改上周学生写的作文,明天发下去。

操场上,除了五年级三班,还有一个班在上体育课。

教五年级三班体育的易老师,先给学生纠正广播体操动作,然后讲了一些打乒乓球的知识,就让学生分组活动。全班分成4个组,1组打篮球,1组打羽毛球,易老师带着剩下的两个组去体育馆,那儿有乒乓球台,学生可以实地学习打乒乓球。

同学们玩得很投入、很尽兴,跑的跑,跳的跳,汗流浃背。平时学习太紧张了,有的知识需要反复背默才能记住,比如古诗词,比如数学定律。一遍又一遍重复读、一遍又一遍反复强记，确实枯燥乏味。上体育课是同学们最快乐的时候，他们可以放松绷紧了的神经，活动一下发胀的筋骨，爱玩的天性得到充分的释放。

快下课了，易老师带着体育馆的学生三五成群地出来了。同学们一个个神采飞扬，性格好胜的人在争论对练时的输赢。平时认真的人在说自己对打乒乓球的体会，脚要怎样站，手臂要怎样挥动。好为人师的人在纠正别人打乒乓球的动作，一片欢乐的气氛。

突然，操场上打羽毛球那组的一个女学生，跳起扣球时突然摔倒在地，脸色惨白，眼睛紧闭。大家怎么叫她，她也不答应。有人去拉她，她软绵绵的，没有反应，好像没有知觉，晕过去了。

没见过这种场面的孩子们吓呆了。

一个同学担心地说："不会是死了吧。"

一句话弄得其他同学叫的叫，逃的逃，乱成一团。其中有个学生比较有主见，用百米冲刺的速度跑到办公室去找班主任王老师。

他上气不接下气来到办公室门口，还没站稳就对王老师大声说："老师，曲娟可能死了！"曲娟就是这个晕倒了的女同学。

没有思想准备的王老师，猛一听这个消息，像在头顶上打了一个炸雷，脑袋里嗡嗡作响，手脚发软，大脑一片空白，赶忙问道："在哪儿？"

这个学生连呼带喘地说："当然……在操场上。"

王老师马上强迫自己镇定下来，站在那里考虑当下应该怎么办。她让那个学生去医务室，叫校医赶快到操场上来，自己飞快地向操场跑去。

这时，易老师已经来到出事地点，操场上两个班的学生都停止了活动，里三层外三层把易老师和晕倒了的曲娟围了个水泄不通。

曲娟侧身躺在地上，脸色苍白，双眼紧闭，没有知觉。她的这个样子似乎没有了生命迹象，王老师的心战栗起来，她看了一下周围，没有血迹。当她看到易老师手搭在曲娟的左手腕上数脉搏时，想到有脉搏就应该有生命，心里稍稍放松了一点。

王老师赶紧疏散围观的学生，让他们各自去活动。

校医跑过来，放下急救箱，把曲娟板成仰卧的姿势，扳开她的嘴巴，确定她嘴里没有东西，也没有咬着自己的舌头，然后用手去试探曲娟的鼻子，拿出听筒，去听曲娟的心脏。

校医这一系列动作又快又从容，她泰然处之的态度也影响了王老师。王老师镇定下来，思维慢慢恢复正常，她马上做出判断：这不是斗殴致伤，是突发疾病。

几分钟之后，校医站起来，说："心脏没有毛病，心跳呼吸正常，血压虽然有点偏低，但无大碍，估计问题不是很大。现在不要移动她，让她自然醒过来之后，送她去医院做个全面检查。"

又过了一会儿，曲娟慢慢地睁开眼睛，当她发现自己仰面躺在地上时，一骨碌翻身坐了起来，很不好意思，低下头，把脸埋在两腿中间。

王老师和校医扶她站起来，要送她去医院。

曲娟坚持说，她没有什么大事，只不过刚才跳起来接球时，用力过猛，眼前发黑，一下晕过去了。现在什么问题也没有，说完她就要走。

在王老师和校医的再三劝说下，曲娟和他们一道去医院做了个检查。医生给曲娟做了心电图，拍了胸片，还做了血常规检查，医生看了检查报告单说："她的身体现在基本上没有什么大问题。她头晕是因为贫血，低血糖。今后可以给她增加一点营养，多吃一点补血的东西，像猪肝、红枣、黑芝麻等。平时大人多观察，如果有什么不适，再来检查。"

这时，大家提着的心才落到肚子里，松了一口气。

回到办公室，王老师的情绪半天没有平复，回想刚才发生的一幕，还心有余悸。

王老师是一年多前毕业应聘到这个学校的。她才二十多岁，中等身材，剪一头短发，衣着大方整洁，整个造型就是一个大学生。别人第一次见到她，就知道她是个知识女性，而且是个事业心强的职业女性。

她来了就教这个班，那时，这个班刚升入四年级。孩子们大部分是十岁上下的孩子，说顽皮可以上天，说娇气都是小皇帝。王老师眼睛总是盯着班上那几个顽皮捣蛋的学生，唯恐他们制造麻烦。

曲娟在班上不显眼。她成绩一般，既不是特别拔尖，也不是那种成绩老是上不去，要老师加餐补课的学生。课外时间她也很安静，从不招惹是非。她不是学生干部，班上出头露面的事很少轮到她。一句话，她是个听话、安静、不多事的女孩。

曲娟长得很清秀，个子在班上不算最高的，但是，因为她长得瘦，像根豆芽菜，显得高。她不像其他同学那样满面红光，白净的脸庞上露着懒洋洋的神气，好像没有睡醒，平时也不爱参加体育活动，下课时同学们追逐打闹，她总是孤单地坐在座位上。

王老师思考了一会儿，打算晚上去曲娟家做家访，把白天发生的事告诉家长，让他们知道曲娟贫血，需要增加营养，引起他们的注意。另一方面，王老师也想知道曲娟家是不是很困难，吃得太差，导致曲娟营养不良。现在的孩子大多数胖乎乎的，像曲娟这样瘦得跟豆芽菜似的孩子少见。

曲娟的家住在离学校不远的泰和小区，王老师想了解曲娟真实的生活环境，所以去之前没有打电话和家长联系。

给王老师开门的是曲娟的妈妈。

出乎王老师的意料，曲娟妈妈长得高大丰满，和曲娟的反差很大。如果她们一块儿出去，没人会想到她们是母女。不过，她们的眉目之间，还是可以看到相似之处，曲娟那棱角分明的嘴巴、那端正挺立的鼻子很像她妈妈。

曲娟妈妈在一家商场当会计，工作时间固定，早九晚五，除了月底月初，平时很少加班。这样，她就能按时给曲娟做饭，照顾她的起居，保证曲娟的生活有规律。

曲娟的爸爸是个工程技术人员，平时住在工地，十天半月不回来。所以，平时只有曲娟和她妈妈两个人在家。

王老师和曲娟妈妈说起曲娟体育课晕倒的事，她妈妈一点也不感到意外，她说曲娟放学回来已经告诉她了，而且也不是第一次发生这样的事。

曲娟妈妈很健谈，也许是为了让王老师更好地了解她的女儿，她把曲娟小时候的好多事都告诉了王老师。

你别看曲娟妈妈高大健壮，可她生下曲娟可真不容易。结婚后，她一连怀过几胎，都是怀到四五个月的时候流产了。后来又怀上了，她害怕又流产，干脆请假住院保胎。医生交代她，最好卧床休息，能不下床就不要下床。那段日子，她连吃饭喝水都在床上。这样小心翼翼，还是防不胜防。怀到8个月的时候，一天她下床去卫生间，踮着脚穿鞋子，结果就早产了。曲娟生下来像只猫，只有3斤重，医生把她放在保温箱里，24小时特别护理。

婴儿护理室不准医护人员以外的人出入，连家属也不能例外。曲娟爸爸硬是在走廊上守了几天几夜，晚上就睡在走廊的椅子上，一下子掉了几斤肉。

因为曲娟得来不容易，所以特别金贵。爷爷奶奶、外公外婆、姑姑姨妈都争着宠她。含在嘴里怕化了，捧在手里怕摔了，怎么样娇她惯她都不觉得过分。走路不小心摔倒了，爷爷奶奶就会心痛半天，大呼小叫："哎呀！我的宝贝摔痛了没有？多可怜，老天爷怎么不长眼，让我的心肝受苦。"

尤其是曲娟爸爸，积攒了满肚子对女儿的爱，却不知道怎样去表达。只要他在家，恨不得时刻把曲娟搂在怀里，放在头顶上。爸爸什么事都不让曲娟干。曲娟穿衣，他帮着扣纽扣；曲娟穿鞋，他帮着系鞋带；曲娟喝水，他帮着吹凉；连曲娟洗脸刷牙他都恨不得要去帮忙。

曲娟人小鬼大，知道爸爸特别疼她，看见爸爸回来了，说话声音都变了，嗲得像幼儿一样。

越是人人关注曲娟，个个照顾曲娟，曲娟越是多灾多难，病痛缠身。小的时候，她得了肺炎刚出院，过不了两天又感冒，发烧到40度。好不容易刚刚退烧，她又摔了一跤，胳膊骨折了。刚从骨科病房出来，她又拉肚子，住进了消化科病房。反正，她小时候常往医院跑，儿童医院的医生几乎都认识她。见她去看病，习以为常，都说："又来了，怎么搞的。"

曲娟奶奶临死时摸着骨瘦如柴的曲娟，还特地交代曲娟的爸爸妈妈："你们带曲娟可要细心一点，她先天不足，底子薄，经不起折腾。如果她有个三长两短，我可饶不了你们。"

终于熬到曲娟上学了。也许是学校生活有规律，也许是学校里有那么多小伙伴，曲娟心情舒畅，身体状况开始好转，一天比一天正常。现在能坚持天天上学，每餐能吃半碗饭，进医院的日子也越来越少。

像这样晕倒的事已经发生过几次。那次爸爸妈妈带曲娟去公园玩，她从台阶上跳下来，发生头晕，倒在地上。一次假期出去旅游，一家人急着赶火车，曲娟走得快了一点，也晕倒在路边上，差点没去成。

曲娟的爸爸妈妈带她去医院看过病，做过检查。医生说她贫血，血压偏低，让她增加营养。

曲娟妈妈向王老师诉苦说："我们家的经济条件一般水平还是有的，曲娟要吃什么，我们还是供得起。问题是这个小祖宗嘴巴刁，这样不吃，那样不吃。医生说多吃点猪肝，那东西补血，可凡是动物内脏曲娟全不伸筷子，她说看着就恶心。医生让她多吃点胡萝卜，胡萝卜含有多种维生素，曲娟说胡萝卜有种怪味，咽不下。老人们说弄点驴膏冲蛋给她吃，我们费了好大的力气弄好，她跑得不见人影，说房子里到处是膻味，闻见就想吐……"

王老师和曲娟妈妈谈话后，认为造成曲娟营养不良的原因是先天不足，后天嘴巴叼，摄入的养分少，身体比一般孩子差，血糖低有时会发生晕厥。王老师意识里的职业道德提醒她，曲娟到学校来上学，老师对她负有监护责任，作为班主任，要对她的安全和健康负责。其他课没有什么危险，反正坐在教室里，一旦曲娟晕厥，有老师在场，就是抢救也来得及，只有体育课是在室外上，就怕上课时出现防备不到的事。王老师决定，以后五年级三班上体育课，自己有时间就去跟班，可不能再发生昨天这样的事。

从那以后，五年级三班上体育课，王老师总是坐在操场旁边的树下，好似悠闲地看着操场上的学生。

当然，学生领会不到王老师的用意，也许他们根本就没有注意王老师的存在，就是有人看见了她，也不会有人去考虑王老师为什么会坐在这里。

只有易老师对这一切了如指掌，有时对王老师说："没事，一切正常，你去做你的事吧。"

易老师见王老师坚持坐在那里不走，就笑话她胆子太小。王老师回答他说："不怕一万，就怕万一。万一有事，我在现场，能及时处理。"

几个星期过去了，曲娟再没有发生过晕倒的事。

但是，王老师又发现一连几天下午，曲娟都伏在课桌上。开始，王老师以为她有些倦怠，伏在桌子上舒服一些。

那天王老师从窗户外面经过，从侧面发现她一只手伏在课桌上，另一只手在下面按着肚子。

下了课，王老师找到曲娟，问她怎么了。

曲娟的脸一下涨得通红，低下头不说话，好像干了什么坏事，见不得人。

在王老师的再三追问下，她才吞吞吐吐告诉王老师，每天下午她都肚子痛。到快放学的时候又会好一点。这孩子，肚子痛是病，又不是你干了什么坏事，干吗脸红、不让老师知道。

王老师马上带她去医务室，请校医给她看看。

校医给她检查后说，没什么大毛病，估计是胃炎。先吃点药试试。然后又交代她，不要暴食暴饮，不要吃冷饮，不要喝生水，不要吃辣椒，不要吃硬东西。

王老师让曲娟去上课，自己留下来问校医："真的没有大毛病？"王老师担心由于自己的疏忽大意，使曲娟贻误了治疗时机。

校医说："目前看，好像无大碍，但也不可以掉以轻心，因为这个孩子肤色白得不正常，不知是不是有其他毛病。这样，每天下午她胃痛的时候，你给她喝点热开水，让她暖暖胃。先吃几天药，通知家长，让家长带她去医院做个全面检查。"

每天下午，曲娟都会伏在课桌上，用手死死按住胃，样子痛苦，没有精神。王老师总是给她送去一杯热水。不过作用不大，她喝过之后还是痛。王老师又从家里带来热水袋，给她做热敷，也没有作用。

一个星期过去了，王老师问曲娟："校医给你开的药都按时吃了吗？"

"吃了。一天三次按医生规定的量吃的。不信，你可以打电话问我妈妈，早上和晚上我是在家里吃的，妈妈看见的。"曲娟怯怯地回答。

"不必问家长，老师相信你。你觉得有效果吗？是不是比以前好一点？"

曲娟没有说话，只轻轻摇了摇头。

晚上，王老师给曲娟妈妈打了个电话，告诉她，曲娟胃痛，已经吃了一个星期的药，没有好转，建议她带曲娟去医院做个检查。

曲娟两天没来上学，第三天来到学校。下了课，大家围着她打听情况。

"这两天你干什么去了？"一个同学问。

"我妈妈带我去医院看病去了。"曲娟轻声地回答。

"你得的什么病？"另一个同学问。

"医生说我得的是慢性神经性胃炎。"曲娟回答。

"这病要紧吗？"一个同学问。

"医生说严重的人会呕吐，有时还会呕血。我算轻的，只要好好治疗，可以痊愈。"曲娟神态轻松。

"我们为什么不得这样的病，只有你得？是不是你乱吃了什么东西？"一个学生分析说。

曲娟没有回答，低下了头。

站在学生后面的王老师心里一动，难道曲娟得病的原因有难言之隐？

放了学，王老师把曲娟留下来，详细询问了她去看病的情况。最后，王老师问她："医生有没有说你为什么会得这样的病？"

曲娟斟酌了一会儿，回答说："我也说不好，学不像，好像是说与神经紧张有关。"

王老师奇怪了，曲娟小小的年纪，每天除了上学，就是吃饭睡觉，又没有压力，与人也不会产生矛盾，怎么会神经紧张。

曲娟又说："还说不是紧张一下，是长时间的紧张。哦，我想起来了，叫持续紧张。"

王老师更奇怪了，曲娟会有什么事让她持续神经紧张。她的家庭关系正常，父母感情也好，这是为什么？

老师总是希望自己的学生茁壮成长，曲娟病病歪歪，整天打不起精神，让王老师放心不下，时不时思绪就会落到曲娟身上，眼前老是晃动着曲娟的身影。

晚上，王老师又抽时间给曲娟妈妈打电话，问医生说什么没有，曲娟今后要怎样做才有利于她的健康。

曲娟妈妈说，医生交代，要让曲娟心情愉快，保证睡眠时间，注意别吃生冷食物。有些事家长基本上能够督促曲娟做到，但要让曲娟心情愉快，就说不好。这孩子整天郁郁寡欢，没有一点活力。家长也只能尽力而为。

不过，曲娟吃了几天药后开始见效，而且一天比一天好，脸色虽然还是不见红润，但白得不那么惨不忍睹了。

王老师为她高兴的同时，也放下了这块心病，又忙别的事去了。

国庆节放了7天长假，学校趁学生不上课，把学校走廊的木扶手油漆了一遍。

复课后，扶手还发出淡淡的油漆气味。

第二天，班上几个同学脸肿了，肿得最厉害的是曲娟。有的家长打电话来了，估计孩子是过敏，因为孩子有过敏史，以前也有过这样的事。说是让学校检查一下，找到过敏原。

校医给过敏的学生服了抗过敏的药物后，大部分学生症状消除，恢复了正常。只有曲娟越来越严重。不但脸上的肿没有消退，而且开始咳嗽。她不停地用手揉眼睛，眼眶都揉红了。

下午，王老师上他们班的课，正当她口若悬河地讲解，带领学生进入学习意境的时候，突然有人"啊啾"打了一个喷嚏，引得学生哄堂大笑，破坏了好不容易营造起来的学习氛围。王老师用眼睛扫视了一下全班，就知道是曲娟。她知道打扰了大家，吓得把头埋在课桌下面。

王老师走到她的身边，让她站起来。王老师发现曲娟眼睛流着眼泪，鼻子流着鼻涕，一副久病沉疴，弱不禁风的样子。为了不耽误其他同学的学习，王老师让曲娟坐下，继续上课。但这节课王老师没有完成教学任务，因为，每当王老师和学生进入状态时，曲娟就会打喷嚏，分散学生的注意力。王老师也明白，曲娟不是故意的，她是个细心的孩子，她已经尽了最大的努力去控制自己，要打喷嚏了，她就会先垫上餐巾纸，用手紧紧捂住嘴巴。但作用不大，学生安静地听课时，一点点响声都是干扰。

王老师以为她是感冒了，下了课，马上带她去医务室，让校医诊断开药。可是第二天反而越来越严重，她喷嚏连天，外加咳嗽，有时咳得喘不过气来，别人看着她都难受。

王老师害怕曲娟的咳嗽传染给其他学生，去药店买了一些熏药，在教室里做消毒处理。又让学生回家和家长说，学校有同学患有流行性感冒，请家长给学生做一些预防措施。

同时，王老师打电话给曲娟的妈妈，要她带曲娟去医院看病。曲娟妈妈说，现在正是月底，她最忙的时候，实在没有时间。

王老师只好和别的老师对调了课，带曲娟去医院看病。

一个上午，王老师带着曲娟又是挂号，又是看医生，又是验血，又是透视。最后医生诊断，曲娟得的是过敏性气管炎，开了一些药。

王老师马上意识到，这可能和学校还有气味的油漆扶手有关。她向医生讨教，别的孩子怎么没事，单单曲娟就得支气管炎。

医生说：人与人的体质不同。有的人生下来就是过敏性体质，所以，他们容易过敏。再说，有的人免疫力强，就是过敏，吃点药，马上调整过来了。有的人免疫力低，抵抗能力不强，会引发其他毛病。

王老师心里暗暗对自己说，难怪曲娟动不动就病了。以后要特别注意她。

王老师和同学们说话时，有意无意告诉大家，曲娟是过敏体质，请大家平时多照顾她，关心她。

孩子们很富有同情心，大家和曲娟相处时，也特别注意保护她。进出教室拥挤时，总会有人提醒："不要挤，不要挤，曲娟在这儿呢。"放学时如果下雨，曲娟没有带伞，马上就会有人把自己的伞让给她，说自己淋湿了不要紧，曲娟淋湿了会得病。

每当这时，曲娟就会低下头微微一笑，脸上露出感谢的表情。

一次，曲娟走路不小心，把一个同学放在桌子上的书弄到了地下，这个同学大概心情不好，对曲娟大声嚷嚷："你干什么！给我捡起来。"

曲娟吓得哭了起来，其他同学不干了，围了过来，七嘴八舌地批评这个同学，让他给曲娟道歉。直到这个同学道歉之后，曲娟不哭了，同学们才放过这个同学。

不久，王老师又发现，曲娟不光是身体不好，而且胆小。平时，曲娟总是一副缩手缩脚的样子，和别人说话，大部分时间眼睛看着地面，或者看着别的地方，从来不敢和别人对视。就是课堂上点名，她也是对着桌子答："到"，从来没有抬起头回答过老师的问题。

王老师考虑：曲娟因为体质差，又是过敏体质，给生活学习带来了不少麻烦。因而，她觉得自己不如其他同学，没有自信，胆小怕事，意志薄弱。

王老师决定多了解曲娟，研究怎样对她对症下药。

有一天上体育课，曲娟说她没有力气，体育老师就让她坐在树底下休息，看同学们活动。

坐在树下跟班的王老师觉得和曲娟谈心的机会来了，慢慢挪到她的身边，和她聊天。

王老师知道曲娟胆小，不敢和老师对话。为了消除曲娟的戒备心理，能和自己说心里话，王老师先放下架子，和曲娟说她小时候的故事，小孩子都喜欢听大人小时候的故事。

"曲娟，你真文静。我是你这样大的时候，比你顽皮多了，大人说我像个男孩子。我什么都干，上树，打架，掏鸟窝，为这些，我小时候可没少挨大人的骂。有一次，我打架，老师告状，我爸爸还打了我一顿。"王老师说得绘声绘色。

这招真灵，王老师有趣的故事一下把她和曲娟之间的距离拉近了，曲娟脑海里出现了王老师爸爸追着要打王老师的场景，脸上露出开心的神色。曲娟这时的眼里，王老师不是大人，是个顽皮的孩子。她惊讶地问王老师："你跟谁打架？"

"和同学打呀！有什么事情解决不了，就打架解决呗。"王老师夸张地说。

"男同学还是女同学？你打得赢他们吗？"王老师没想到曲娟这样感兴趣，提出连珠炮似的问题。看来哪个孩子都有好奇心，连拘谨的曲娟也不例外。

"有男同学，也有女同学。他们和我一样大。我又不是大力士，怎么可能每次都打赢，被人打败的次数多。"王老师的口气就像是一个孩子。

"打不赢就别打嘛，我就不敢和人打架。"曲娟居然"教训"王老师说。

"我发现你胆子特别小，我就不明白，你到底怕什么呢？"王老师顺便就提出她早就想问的问题，口气是探讨式的，一点也不居高临下。

"我也不知道我为什么胆子这样小。"果然，曲娟一点也不反感，只是无奈地回答。

"你小时候遇到过什么非常害怕的事吗？"王老师小心翼翼地提示她。

她想了想说："我只记得妈妈带我去看过一场电影，电影的名字好像叫什么《幽谷鬼魂》，是讲鬼的故事。我没有看懂内容，只知道有人去了森林里的一个小屋，小屋里有鬼，那个鬼披头散发，眼睛是两个洞，穿着白色的衣服，在空中飘来飘去，发出古怪的声音，好可怕啊，吓得我叫了起来，现在想起来我身上都起鸡皮疙瘩。从那次以后，我就害怕黑暗，一到晚上，我就会不由自主想起那个鬼怪，害怕他出现在门后面，床底下，阳台上，甚至厨房里，我的眼睛不敢朝黑暗的地方看。"说完之后，她还心有余悸似的，喘着粗气。

王老师看着曲娟害怕的神情，感悟到了什么。她也没想到一场电影对孩子的影响这样大。看来像曲娟这样心智不全的少年儿童，心理上无法把现实和想象区分开来，以为电影电视里的鬼怪会在生活中出现，因此害怕黑暗。不过王老师不相信曲娟的胆小是因为一场电影导致的，一定还有其他原因。

王老师估计曲娟的家长可能还不知道这个情况，就打电话和他们沟通，嘱咐他们以后不要带孩子看这样的电影了。

王老师后来又找机会和曲娟单独接触过几次，通过多次接触，王老师对曲娟有了一个初步的了解。她发现曲娟有别于一般孩子，情商高，心细，爱思考，小小年纪就会察言观色，在乎别人对她的态度，很有想法，有时还多愁善感。

这样的孩子对老师、家长的要求很高。王老师提醒自己，要经常和曲娟谈心，掌握她的思想动态，给她正确的引导。

温室里的花朵

这两三个月时间里,曲娟没有生过病,连喷嚏都没打一个,王老师心里很有成就感,觉得自己的努力没有白费。她也知道,这不可能全是她的功劳,家长的照顾,同学们的配合,都有作用。

日子好过就容易过,眼睛一眨,这个学期就要结束了。期末考试过后就会放寒假,没多少日子就要过年了。

王老师也要回家探亲去了。

很多同学高兴地宣布:我要去姥姥家!我要去爷爷家!我要去舅舅家!

曲娟因为妈妈在商场工作,春节是商场最忙的时候,不放假,他们不能回老家过年。

从腊月开始,商场每天都人山人海。人们进了商场,好像东西不要钱似的，大包小包往家里搬。商场的工作人员不停地往货架上补充货物。

曲娟妈妈是会计，这些天也都充实到商场一线帮忙，而且还要加班，一天到晚不在家。

好在曲娟爸爸单位在年三十那天开始放假了，不然，年饭都没人做。他们家的年饭一直等到妈妈晚上10点钟下班回来才吃，真正是年夜饭。妈妈还说，商场还有三分之一的工作人员在值班，不能回家吃饭。初一早上8点钟，妈妈又走了，说要去替换没回家过年的人。

这让一直盼着过年的曲娟很失望。她原以为过年这几天爸爸妈妈会带她出去玩，去动物园、去游乐场、去体育馆，去那些平时想去又没有时间去的地方。谁知道过年妈妈那样忙，不能和他们一起去，缺了妈妈，她和爸爸都不想去了。

曲娟站在阳台上，看着下面街道上来来往往的行人，心想：不知道这些人过年好不好玩，是不是像自己家一样冷清清的。

爸爸以为曲娟想出去，走过来搂着曲娟说："今天是大年初一，不要去别人家，别人家客人多，你去了会碍事。"

曲娟没有回答，心想：这个小区没有一个同班同学，我上谁家去？就是有，我也不爱串门。还是上学好，教室里时时刻刻坐满了人，下课了，同学们追追打打，自己虽然不和他们闹，可是看着他们闹也有趣，没有孤独感。

曲娟回到屋子里，看见爸爸在扫地，就帮他捡地上的废纸。爸爸说："你去玩，我来做。"

爸爸从洗衣机里拿出洗好的衣服去晒，曲娟就帮他拿衣架。爸爸说："阳台上冷，你进去。"

爸爸做饭，曲娟就站在厨房门口陪他，她想帮爸爸择菜、洗菜，爸爸不让，怕她弄脏手。

下午，爸爸看见曲娟从这个房间踱到那个房间，也不爱看电视，百无聊赖，无所事事，就和曲娟商量，问她愿意看电影吗。

曲娟想起那次看《幽谷鬼魂》不敢睁开眼睛的情景，觉得那是受罪，不肯去。

爸爸说："哦，我知道你为什么不喜欢看电影了。我记起来了，你们王老师给你妈妈打过一个电话，说以后不要带你去看恐怖电影了。"

"是吧，老师批评你们了吧。还是老师懂我们。"曲娟回忆说，"那天我害怕，想提前走，妈妈还赖在电影院不肯出来，说这样的电影才够刺激。"

爸爸说："我告诉你，电影里的鬼怪全是假的，世界上根本就没有鬼怪。你问问大人，谁看见过鬼怪。"

"那大人为什么拍那样的电影呢？为专门吓唬小孩子吗？"曲娟不懂大人为什么这样做。

"不是这样的。大人工作起来不是很忙很累吗，弄一些稀奇古怪的电影，让他们放松一下。你妈妈不就说好看吗？"爸爸的理由不充分，不能说服曲娟，曲娟一副不以为然的神情。

"我真的搞不懂，大人为什么爱看那样的电影，一点意思也没有。"曲娟不理解大人。

"今天我们不看恐怖片，看好笑好玩的，行吗？"爸爸向曲娟保证。

曲娟想了想，说："看什么电影要由我定，好不好？"

爸爸说："好的。你愿意看什么就看什么，你做主。"

他们到了影剧院，正好有一场电影是《小兵张嘎》，曲娟很高兴，说："就看这个。"

张嘎的奶奶牺牲了，张嘎哭，曲娟也难过得流泪。游击队打了胜仗，张嘎高兴得跳起来，曲娟也笑得像朵花。张嘎把枪藏在树上，曲娟为他担心。两个小时，曲娟和电影里的张嘎一起欢乐、悲痛、愤怒、激动。她完全被张嘎征服了。

散场了，曲娟还沉浸在胜利的喜悦当中。她对爸爸说："《小兵张嘎》真好看！为什么拍电影的叔叔不多拍一些这样的电影，要拍什么鬼呀怪呀那样的电影呢？我长大了，就奖励拍《小兵张嘎》的叔叔，给他们发个大奖状，批评拍《幽谷鬼魂》的人，让他们再也不敢拍那样的电影了。"

爸爸问曲娟："爸爸没骗你吧，讲了让你看又好笑又好玩的电影。"

曲娟纠正说："这个电影又好看又有意义，不是又好笑、好玩，你用词不当。"

爸爸说："你比我总结得好，是又好看又有意义。"

这一天，曲娟因为看了一场好电影，心情一直很好，话也特别多。

曲娟爸爸也感觉到她情绪很好，心里想：孩子不高兴，打不起精神，不能怪她，是我们没有做好，应该多带她出来活动，做让她高兴的事。

农历正月初五，年还没有过完，大人还没有上班，有的还在探亲访友，有的出去旅游还没有回来，有的在家烹制好吃的招待客人，有的带着外地来的客人在城里转悠。大街上到处是人，城市里到处弥漫着喜庆祥和的气氛。

2

曲娟爸爸前一天接到上级命令，今天去总部，说有紧急任务要完成。

爸爸眼睛看着曲娟，对电话那头的人说："是，明天早上八点钟出发，保证准时到达。"

爸爸放下手机，曲娟就缠着爸爸说："爸爸，你不能为我请假吗？"

爸爸说："娟娟，你知道的，爸爸要工作。从小的方面讲，爸爸要挣钱，不然我们吃什么，哪来的钱给你买新衣。从大的方面讲，爸爸的工作是建设祖国。所以，无论什么时候，爸爸都要以工作为重。"

曲娟撒娇了，一拳一拳打着爸爸说："妈妈要上班，你就忍心让我一个人在家，你不爱我了吗？"

爸爸亲了亲曲娟，说："我们家娟娟最懂道理，从来不胡搅蛮缠。"

曲娟不好意思继续闹下去。

第二天一大早，曲娟就起来了，她知道爸爸要走，一脸的不高兴，站在那里不说话。

妈妈上班去了。爸爸已经做好了饭，拖了地板，等曲娟吃了饭，一切妥当了，他才走。临走时再三交代曲娟，一个人不要出去，有陌生人敲门，不要开门。在家要注意煤气、水、电，不要玩火，不要用电烤炉，感觉冷就开空调。

曲娟这时可不嫌爸爸啰唆，宁愿他就是这样一直唠叨下去，只要不离开她。但爸爸终于还是走了，虽然他一步三回头，但他的手机不停地响，催他出发。

曲娟懒洋洋地拿出作业来做。但心里老是沉静不下来。大白天的，不是觉得卧室里有声音，就是厨房的窗户被风吹得响，要不就是门外有脚步声。

曲娟思想不集中，作业做不下去，干脆不做了，生气地把书和笔丢在桌子上，去看电视。她平时喜欢看《熊出没》里面的光头强，这几天少儿频道一天连续放三集，可是，现在她也静不下心，看了一会儿，都不知道电视里在讲什么。她只好关了电视，站在阳台上，看马路上的人来人往。心里想：爸爸的领导会给他安排什么任务？他什么时候回来……

晚上，曲娟已经睡着了，突然被开门声吵醒，她吓得用手去摸妈妈，妈妈告诉她说："不要怕，大概是你爸爸回来了。"

妈妈下床打开了客厅里的灯，果然是爸爸回来了。

曲娟懒得起来，想接着睡，可是没有妈妈睡在旁边，曲娟没有安全感，怎么也睡不着，只好闭着眼睛听爸爸妈妈说话。

"你怎么回来了？不是说有紧急任务吗？"妈妈问爸爸。

"是的。我们在国外的一个工程负责人突发急病，送回国内治病。现在那儿群龙无首，公司领导让我马上到那儿去，不然，工地会停工，工程不能按时竣工。所以我连夜回来和你告别。"爸爸说。

"你要去多长时间？"妈妈焦急地问。

"说不好，因为我不清楚那儿的情况。"爸爸说。

"你不能和公司领导说，我们家有困难，让别人去。"妈妈低声嘀咕。

"我们家有什么困难？"爸爸反问妈妈。

"我们家娟娟身体不好，说不定什么时候就病了，到时候我一个人怎么忙得过来。"妈妈还想说服爸爸。

"你以为我想去？问题是别人家里的困难更大，要不然，领导不会让我去。不过，能去参加国外的工程建设是个好的机会，既能扩大眼界，还能拿双份工资。"爸爸骄傲地说，"要不，你就不要上班了，专门在家照顾娟娟。反正我现在拿双份工资。"

"那可不行。我好不容易找到一个专业对口的工作，过了这村就没这个店了，不能说不干就不干。再说，我可不愿意当全职太太，我要有我自己的事业。"

"那就没办法，只好辛苦你了。好在我们娟娟听话，从来不在外面惹事。家里就拜托你多操心了。"爸爸给妈妈说好话。

爸爸进屋来，看了看曲娟，亲了亲她，出去了。

曲娟不知为什么装作睡着了，没有睁开眼睛。

妈妈知道爸爸要走已成定局，自己回来陪曲娟睡，让爸爸睡在书房里。

曲娟醒了就很难再睡着。反正睡不着，曲娟干脆不睡了，让思想漫无边际地跑。曲娟突然体会到，大人有时也和小孩子一样无奈，不是想干什么就干什么。她估计爸爸一定不愿意去很远的地方上班，不愿意和家里人分开，愿意一家人在一起。而且，他曾经许诺过曲娟，天气好带曲娟去动物园玩，去游乐场玩，陪曲娟去新华书店买书。他甚至说，如果有可能，他带曲娟去乡下看爷爷奶奶。但工作需要，他不得不离开爱人和女儿，奔赴远方。

想着想着，曲娟模模糊糊地睡着了。

早上，曲娟睁开眼睛就大声喊爸爸，可是爸爸已经走了。曲娟和他照面都没有打一个，这是曲娟没有想到的，她骂自己懒，后悔昨天晚上装睡，不然就能和爸爸说一会儿话，交代他在国外小心，告诉他自己会想他，要他早点回来。

爸爸被派到国外工作，妈妈和单位领导说明了困难，领导批准妈妈不上晚班，天天朝九晚五，踏着钟点上下班。

曲娟的爸爸一走几天没有消息，元宵节那天，曲娟站在窗口，看见街对面的商店在卖元宵。一长排的桌子上，摆满了亮晶晶的不锈钢盆，里面装着白白的元宵。曲娟远远地望着，一边想象那些元宵里有什么样的馅，黑芝麻的、花生的、桂花的……曲娟数不出来了，一年才过一次元宵节，每次才吃一种馅，她能吃多少种馅。

桌子的旁边有一个旋转着的机器，上面一个大盘子，元宵在不停地转动，不断变大。那是在制作元宵。

曲娟看着不停旋转的机器，心又飞向爸爸。要是爸爸在家，她就会让爸爸去买元宵给她吃，每个品种买几个，都尝尝。爸爸不在家，她只能看着吞口水。她又想道：爸爸现在哪儿呢？他是坐飞机去的，还是坐轮船去的？说不定已经到了工地开始工作。换了自己，那可是不敢想象的事。爸爸这次是去从来没有去过的地方，曲娟就害怕到陌生的地方去。曲娟想到这里突然害怕起来，觉得身上冷。

再看家里，冷冷清清，让她有种说不出的孤单。

曲娟没法坐下来，耳边老是传来各种响声，不是风吹得阳台上的衣服响，就是楼上有人走路，还有好多不知道原因的动静。当她辨别不出是什么声音时，就紧张，心发慌。

她在家里待不下去了，不管妈妈不准她出门的交代，从家里跑了出来。

她带了本书，准备到妈妈的办公室里看。可是办公室关了门，妈妈没有在办公室，办公室里的人全都到商场帮忙去了。她在楼下的购物中心寻找妈妈。商场里的人真多，商品也多，真是一个花花世界。她在人群中显得那样渺小，微不足道。

最后，曲娟在二楼卖家电的柜台找到了妈妈。

妈妈见到曲娟，没有责备她到商场来了，只说："路上没有害怕吧？"

她旁边的阿姨说："大白天的，这么大的人了，怕什么呀！"

妈妈解释说："我家娟娟胆子小，平常不大出门。"

阿姨说："越是胆小，越要让她出来锻炼，你不让她出来闯闯，她的胆子只会越来越小。"

这时有人要买电视机，阿姨接待顾客去了。

妈妈对曲娟笑了笑，给了她办公室的钥匙，让她去办公室。

曲娟想了想，刚才四楼办公室走廊上没有一个人，黑灯瞎火，她好害怕，妈妈只好送她上来，给她打开灯、空调，让她在那儿看书。

妈妈交代："实在没意思，就下来，到商场玩玩。"

曲娟在妈妈的办公室待到妈妈下班。妈妈带她去吃了甜酒煮元宵，才回家。

晚上，远处有人放烟火，五光十色，炫丽非凡。曲娟站在妈妈身边又想爸爸了：爸爸现在在哪儿？国外也有人放烟火吗？

又过了两天，爸爸终于来电话了。他说他很忙，一到就投入了工作，加上时差的问题，他有时间了，国内又是深夜。他不想打扰曲娟母女睡眠。像现在，国内是白天，他们那儿已经到了深夜。为了打这个电话，他现在还没睡。

他说自己很好，最关心的是曲娟的身体，让妈妈多操心，有事多向老师请教，多和老师商量。

曲娟很遗憾，妈妈是在上班时间接的电话，曲娟不在场。她让妈妈和爸爸说，下次要到星期天打电话，她和妈妈都在家，就能听电话了。

学校开学了。开学的第一天不上课,只是去学校交作业,交学费,报到。

早上起来,妈妈说要上班,没时间送曲娟去学校。妈妈把学费装在一个信封里,把信封交给曲娟,说:"你自己把学费收好,最好夹在哪本书里面,把书放在书包里。到学校之后,第一件事就是把学费交了。"

曲娟没有说话,她在心里琢磨,别指望妈妈请假送自己上学了。也许,妈妈是听信了那个阿姨的话,要让曲娟自己去闯。曲娟又想到了爸爸。要是爸爸在国内,他会送曲娟去学校,帮她缴费,领新书。

曲娟不敢提出要妈妈送。这个要求有点不合理,说出来不理直气壮。人家读二年级的孩子就能自己去交学费,曲娟都读五年级了,还要大人陪。曲娟慢腾腾地、十分不情愿地走了。

一路上,曲娟还在想爸爸。她认为爸爸要是在家就好了。爸爸比妈妈好说话,体贴她,有些事不用曲娟提要求,他就会帮曲娟办好。上个学期开学,为了送曲娟上学,爸爸特地请了几天假,带曲娟去报到缴费,一切安排妥当了,他才去上班。爸爸在身边,曲娟心里特别踏实,不心慌。曲娟妈妈个子大,心也粗,遇事没有爸爸想得周到,有时还不如曲娟会考虑问题。

曲娟突然有个异想天开的念头：要是让我来安排工作，我就让爸爸来商场当会计，天天在家陪我，让妈妈去管工程，天天在外面跑，十天半月不回来也没有关系，哪怕在国外工作几年，反正爸爸会把一切安排得妥妥当当。

曲娟到了学校里，王老师带着缴费收据坐在教室里，曲娟一进去就把学费交给她。拿着收据，曲娟和另外一个女同学一块儿去总务科领到了新书。

放学回到家，妈妈已经做好饭。一般情况下，晚上妈妈不出去。她出去的话，曲娟怎么办？曲娟可不敢一个人待在家里。也是因为曲娟胆小，商场领导才没有安排曲娟妈妈晚上加班，其实这段时间商场非常缺人手。

曲娟觉得爸爸在家的日子特别温馨。晚上曲娟做作业，爸爸就在旁边看书，或者画图。曲娟也不用爸爸管她，只要爸爸在她身边，心里就特别平静，做作业也很专心。外面有个什么响动，一点也不影响她。

现在爸爸出国了，只能是妈妈陪曲娟。妈妈爱热闹，她天天晚上坐在外面的客厅里看电视剧，让曲娟一个人在房间里做作业。身边没人，曲娟总感到心里空荡荡的，没有着落。只要有一点点动静，曲娟就会受到惊吓，半天平静不下来。

曲娟也向妈妈提过意见,让妈妈进来陪曲娟做作业。

妈妈离不开电视,说:"要不这样,我坐客厅看电视,你把房门打开,让你能看到我。"她试了一下,这样不行,电视的声音太大,影响曲娟。

妈妈责备曲娟说:"这有什么好害怕的,我和你只隔着一扇门。你要是害怕,就喊我。"她说这部电视连续剧特别好看,不让她看,她心里痒痒。说完,她关上门,看电视去了。

这段时间,曲娟老是因为作业做得不好受批评,尤其是数学作业,错的多,对的少。老师找曲娟谈话,问她是怎么回事,让她找找原因。

曲娟知道,问题出在她做作业时不安心上。爸爸是她的主心骨,做作业时爸爸坐在身边,她就心平气和,可以全身心投入到做作业中去,爸爸不在身边,她老是东想西想,集中不了注意力。

曲娟在心里呼唤:爸爸,你什么时候才能回来,我想你。

更让曲娟苦恼的是,她发现自己的胆子越来越小,小到不好意思告诉别人,怕别人笑话,瞧不起她。

她苦苦回忆从什么时候起，自己胆子这样小。

她能记起的事是四岁那年，有一次，妈妈带她去商场买东西。商场里面有一个宝宝乐园，供顾客带来的孩子玩耍。宝宝乐园里堆放着各式各样的玩具。有的孩子一进乐园就向玩具跑过去，哪怕只有两三岁的孩子，也不用妈妈指挥，知道去找自己喜爱的玩具。

曲娟因为害怕，抱住妈妈的腿，不肯离开妈妈。其实曲娟也想进去玩，去坐那个旋转着的球。但大人不能进去，只让曲娟进去，曲娟牵着妈妈的手，不敢离开妈妈一步。这时，管理宝宝乐园的一个阿姨又拿来好多新玩具，小朋友都去抢。阿姨见曲娟没有去抢，说："这个小朋友真讲文明，来，阿姨奖给你一个。"说着递给曲娟一只绒毛熊猫。

曲娟很喜欢那个漂亮的绒毛熊猫，但她不敢到阿姨手上去接，显得局促不安、十分害羞，后来还是妈妈接过来给她的。回家后，妈妈告诉爸爸说："娟娟的胆子特别小，不敢和人正常交往。"

这句话曲娟听见了，记在心里，也觉得自己特别胆小。

其实家长不要老是说孩子胆子小这样的话，这样的话让孩子听到了，会起到暗示作用，让他们在思想上形成一种"我胆子小"的概念，遇到什么事都会产生畏惧心理，不敢面对。

曲娟睡觉不安神，经常半夜里醒来，醒来后，很难再睡着。如果爸爸在家，他会搂着曲娟，轻轻地安慰她说："爸爸在这儿，你闭上眼睛睡吧。"曲娟就闭上眼睛，钻进爸爸的怀里，她觉得很安全，一会儿就睡着了。

爸爸不在家的日子多，曲娟醒了，妈妈睡得沉，怎么也弄不醒她。曲娟想睡睡不着，又很疲倦，头脑昏昏沉沉的，心里很着急。越是着急越睡不着，越睡不着心里越烦。

妈妈就睡在曲娟旁边，不知为什么，曲娟也很害怕。她不敢看窗户，她害怕窗户上会出现怪影子，她不敢睁开眼睛，她怕睁开眼睛看见什么吓人的东西。她希望妈妈在这个时候醒来，像爸爸一样把她抱在怀里，和她说说话，哄哄她。

曲娟故意在床上不停地翻身，折腾，想弄醒妈妈。妈妈白天辛苦了，特别累，那样大的动静都弄不醒她。曲娟把妈妈挤到一边，掀了她的被子，她仍然睡得那样香甜，让曲娟无可奈何。

曲娟现在最害怕到月底。月底妈妈晚上要去公司加班做账填报表。现在爸爸去了国外，到了月底也不能回来，妈妈要加班就只能把曲娟一个人丢在家里了。曲娟问过妈妈，这些工作难道不可以拿到家里来做吗？

妈妈说，公司的账户和总公司的账户联了网，公司的账必须在公司的电脑上做，不能拿回家，她承诺说，尽量争取白天加紧，连双休日都不休息，晚上不出去，在家陪曲娟。但有些账是不能提前做的，必须在每月的最后一天做，所以最后一天事就特别多。

星期天的晚上，妈妈说，今天关账，所有账目今天晚上十二点钟之前要做好，她今天晚上只能去公司加班。她保证尽量快一点，但估计不到十二点钟回不来。

没有办法，曲娟迫不得已只能单独一个人在家做作业。

妈妈走后，曲娟埋下头一心一意做作业。数学作业比较难，也比较多，曲娟一头钻进去不记得外面的世界了，也忘记害怕了。家庭作业做得很顺利，没有不会做的，就连难题，曲娟也一鼓作气拿下来了。做完作业，曲娟一边惬意地伸懒腰，一边看墙上的钟，已经九点了，离妈妈回来的时间至少还有三个钟头。曲娟无意间看了看外边，外面黑洞洞的，她突然无来由地害怕起来，心就像一只顽皮的兔子"咚、咚"地狂跳。

曲娟口里不停地念叨："世界上没有鬼，世界上没有鬼。"但不起作用，曲娟还是害怕。她并不害怕鬼，也知道世界上没有鬼，老师说过，鬼是古时候人们对自然界好多事情不理解，想象出来的。就像人们不知道为什么会下雨，以为天有个龙王管这事一样，其实龙王是不存在的。但是，她不知道为什么，就是感觉到恐怖。

曲娟坐在书桌前，不敢动弹，她不知道剩下的几个钟头该怎么过。

曲娟打算不洗澡就睡觉。她没有脱外面的衣服就钻进了被窝，可怎么也睡不着。她想：不行，这样下去无论如何也睡不着，得想办法度过这几个钟头。她爬了起来打算去看电视。她认为看电视就会忘记害怕，时间就会过得快一些。她准备一直看到妈妈回来。

她起来后打开房门到客厅去，电视机摆在客厅里。突然，在她前面的地板上出现了一个黑影子，吓得她尖叫起来，飞快地跑回卧室，把头埋进被子里。过了一会儿，曲娟把头从被子里伸出来，用眼睛瞥了一下客厅，地板上什么影子也没有。她又爬了起来，抱着枕头，一步一步走到客厅去。她一踏进客厅，地板上又出现了影子。她退了回来，影子又没有了。她试了几次，突然发现，这不是自己的影子吗。人往前走一步，它就伸长一点。唉，虚惊一场，可是半天心口还"咚咚"直跳。

幸好没到十二点钟妈妈就回来了。

妈妈上床就睡着了，鼾声如雷。

曲娟睡在妈妈旁边却怎么也睡不着，一会儿听到楼梯间有脚步声，一会儿听到马路上有人说话，一会儿又好像家里什么地方有声音。

曲娟有些烦躁，分析自己睡不着的原因。她觉得自己总是在担心什么，没有安全感。她捉摸，爸爸妈妈同样是大人，为什么爸爸在家她就安心？为什么妈妈不能给自己安全感？和妈妈在一起时，自己老是心神不宁，做作业总是开小差。是因为妈妈大大咧咧的性格，让人不放心吗？曲娟也试着和妈妈亲近，和她交谈。但妈妈对曲娟说的事不感兴趣，除了回答"嗯""哦""是吗"，再没别的意见，弄得曲娟像和幼儿园的小朋友说话一样，和她没法交流，也就懒得和她说了。

曲娟又鼓励自己，有什么害怕的，我们住在闹市区，家里安了防盗门，就是来了小偷，他也进不来。那害怕什么呢？曲娟自己也说不清道不明，反正一句话，就是害怕。

曲娟下意识朝窗户看了一眼，突然发现一团白色的东西从窗口飞了下来，吓得她尖叫起来，把头钻进被窝里面，瑟瑟发抖。

这把妈妈闹醒了，妈妈爬起来，打开电灯，下床去看，原来是起风了，阳台上晒的白衬衣被风吹下飘了进来。妈妈怪曲娟大惊小怪，关了灯继续倒头又睡。

曲娟还是睡不着。这时，她又想到了爸爸，要是爸爸在家多好，刚才这样虚惊一场之后，爸爸会坐在曲娟的身边，安慰她，轻轻拍着她，等她睡着了他才睡。

曲娟屈指一算，后天又是双休日了。要是爸爸在家，双休日也休息，那就太精彩了。爸爸一定会带她出去玩，兑现曾经对她的承诺，说不定他会带她去动物园。

曲娟知道，其实爸爸在国外也很辛苦，也很想家，特别牵挂自己。她只希望爸爸陪在身边，因为爸爸在家，曲娟就有安全感，什么事也不用操心，除了学习，就是玩，生活就那样简单。

思绪好像是撒开的网，很难收拢。一会儿想爸爸，一会儿想白天发生的事，一会儿又想老师和她的谈话。思绪像是一匹野马，到处乱跑，不由曲娟驾驭，想家里的事，想学校里的事，回忆过去发生的事。

曲娟感到孤单时，恨不得对着天空大声喊：爸爸，你快回来吧。但她不敢，她怕别人说她是疯子。这时，她多想有姐姐、妹妹，听她倾诉心里的苦闷。

3 她的心理素质太差

两个月之后,爸爸在曲娟望眼欲穿的盼望中回来了,曲娟欣喜若狂,她一头扑进爸爸的怀里,哭着说:"爸爸,你可回来了!你不在家的日子,我简直度日如年。"

旁边的妈妈嘲笑曲娟说:"你不要太夸张了好不好!"

爸爸拥抱曲娟之后,从背包里拿出带给曲娟的贝壳和珊瑚,一边说:"我这次是回来办事,能在家多住几天。"

曲娟擦着眼泪去接爸爸送给她的贝壳和珊瑚。

妈妈说:"你这是高兴还是难过?是高兴你怎么又哭了?你就是和爸爸亲,你就没有对我这样亲热过。"

爸爸笑着说:"你快去和妈妈拥抱一个,她心理不平衡了。"

妈妈说:"我才不会那样没出息,只要你们快乐,我就高兴。"

妈妈早就知道爸爸今天会回来，下班时带回来好多菜，做了好多好吃的，什么红烧排骨、糖醋鳊鱼、豆腐紫菜汤。妈妈的厨艺不错，菜的味道很好，加上爸爸回来了，一家人的心情都很好。妈妈提议喝点白酒，爸爸更加高兴。

这是这几个月以来全家在一起吃得最痛快的一顿饭。

兴头上，曲娟看见爸爸妈妈高兴，凑热闹，嚷着也要喝白酒，妈妈就允许曲娟也尝了一点点，这是曲娟平生第一次喝酒，只喝了那么一小口。曲娟觉得酒并不好喝，没有甜味，也不咸，又辣又苦，怪怪的，还没有可乐好喝。

曲娟不理解，酒这样难喝，大人怎么那样馋酒喝，还总是在有喜事的时候喝，这件事她无论如何也想不明白。

过了一会儿，曲娟觉得特别热，脸热，身上热，就起身脱了外衣。后来又觉得痒，渐渐地痒得受不了。她不停地抓搔，引起了爸爸的注意，爸爸说："哎呀，你怎么啦？脸怎么这样红？"

曲娟跑到卫生间去照镜子，镜子里的曲娟是个大红脸，像上了油彩一样。曲娟想：这个样子要是被同学们看见了，一定会感到稀奇古怪，又围过来起哄。

爸爸妈妈也跟着她过来了，说："真的，眼睛都红了。"

爸爸安慰她说："不要害怕，我们这就上医院。"有爸爸在，曲娟一点也不担心，只是想睡觉。

妈妈说："上什么医院，我刚才高兴，忘记了娟娟是过敏体质，她一定对酒精过敏，她这是过敏反应，没大问题，不用上医院。"

爸爸说"那不行，过敏反应也不能大意，医生看过了我们才能放心"，说完抱着曲娟就走，回头对妈妈说，"我们先下去打的，你赶快拿了钱下来"。

曲娟躺在爸爸的怀里，觉得还是爸爸对她好，而且，爸爸办事稳妥。如果按妈妈说的不上医院，出了事怎么办？曲娟心里说：我是怕吓着你们，其实，除了发热和身上痒之外，心里也特别难受，心脏跳得好快，好响，像擂鼓一样。

医院急诊科的医生细心地询问了他们一些问题，比如吃了什么，什么时候吃的，以前发生过这类事情没有，看过医生没有，当时医生怎么说的。

最后他诊断说："曲娟是过敏体质，她这是对酒精过敏，问题不大。你们做家长的以后要注意，千万不要让她喝酒。再说，就是不过敏，也不能给孩子喝酒。平时像海鲜、辛辣食物尽量不要给她吃，这些食物会引起过敏，对她没有好处。"

医生准备给曲娟打点滴。爸爸问医生，这个病是不是可以不打点滴，因为有本杂志上讲，孩子能吃药治好的病，就不要打点滴。

医生说："你知道得还不少。"

爸爸解释说："家里有个体质不太好的孩子，平时对这方面的知识就关注一些。"

医生夸奖爸爸说"家长都像你这样，医生少好多麻烦"，就给曲娟开了一些药，吩咐回家来吃，并说吃了这些药会有嗜睡的现象，这不要紧，是药物反应，如果出现其他异常现象，再到医院来。

一路上，爸爸埋怨妈妈，做事不过脑子，知道曲娟是过敏体质，就不应该倒酒给她喝。

妈妈说："这不是高兴吗，一高兴就什么事都忘记了。"

虽说喝酒引起过敏，但曲娟的情绪还是很好，劝爸爸说："我又没事，不要怪妈妈。我以后自己小心一点就是了。"

对于曲娟来说，这是好久以来最高兴的一天。爸爸回来了，他们一家人团聚了。就是去医院看病，也是三个人一块儿去。曲娟记得小莉告诉过她，小莉的爸爸在外地工作，有时她想爸爸，只好装病，让爸爸请假回来看她。

爸爸这次在家待了几天，公司给他补这段时间没休的假。

曲娟觉得有爸爸在的日子真好，晚上，她做作业，爸爸坐在旁边看报纸，曲娟觉得很踏实，做作业时思想很集中，根本听不到外面的声音，没有一点干扰。

几天后，爸爸又要出国了。那天曲娟去上学，爸爸说："今天我不陪你去学校了，我要赶飞机。你在家听妈妈的话，自己注意身体，不能吃的东西不要贪嘴。没吃过的东西，先问妈妈和老师，他们让你吃再吃。"

曲娟依依不舍地离开了爸爸，心里对爸爸说："你早点回来，我在家等你。"

爸爸走了没几天，四川阿坝发生地震。曲娟是在学校听说的，听说之后她就没法让自己的情绪安定下来。老师在讲台上讲课，她的思维无法跟着老师走，开了小差，她的脑海里老是纠缠着一个问题：四川阿坝在哪里？离我们这儿远吗？

王老师发现她思想不集中，就点名让她站起来回答问题。

曲娟甚至不知道王老师提的问题是什么，这让她很难堪。

王老师没有为难她，让她坐下来继续上课。然后，一直站在曲娟的身边，督促她集中注意力。

王老师这一招没用，曲娟明明听到王老师讲课的声音，可并不知道王老师说的是什么，头脑里一片空白。

下课了，王老师离开教室时，叫上曲娟，让曲娟和她一起去办公室。

曲娟知道王老师要找自己谈话，不想去。但她从来不敢和老师对抗，这次也不例外，只好乖乖地跟在王老师后面进了办公室。

王老师和颜悦色地问她："曲娟，怎么啦？心里有什么事说出来给老师听听，看老师能不能帮助你。"

在老师的再三追问下，曲娟才说："老师，阿坝发生地震了。你想想，地震地区那些找不到爸爸妈妈的孩子有多着急！还有一些孩子家里的亲人被倒塌的房子砸死砸伤了，那他们又多痛苦！"曲娟心痛得说不下去。

王老师安慰曲娟说："四面八方的人都在支援他们，他们会渡过难关的。"

反正这一天曲娟昏昏沉沉，连上课下课都弄不清楚了。

这一切王老师全看在眼里，她在心里说："曲娟是个重感情的、善良的好孩子。我得特别注意保护她，不能让她那脆弱的神经受到伤害。"

她的心理素质太差

回到家里，曲娟和妈妈吃晚饭的时候，中央一台正好播放《新闻联播》，妈妈特许曲娟一边吃饭一边看《新闻联播》。

《新闻联播》报道了四川地震的灾情。屏幕上到处是断壁残垣，到处是救灾的人，有穿红衣服的救援队队员，有穿绿衣服的解放军叔叔，有穿白衣服的医护人员。不时有人从废墟中被救出来，让人感到紧张和悲壮。

一个灾区的小学生对着镜头说："我和我的老师、同学都联系不上，我不知道他们是不是还活着，我不知道该怎么办。"

看到这里，曲娟放声痛哭。妈妈放下饭碗，抱着曲娟，不知怎么安慰她，只说："你看，救援部队很快就到达了，会有办法的。"

这天晚上，妈妈破例没有一个人看电视，陪着曲娟做作业。

过了两天，学校举行了为灾区小朋友募捐的活动，曲娟砸碎自己的蓄钱罐，把平时积攒的零花钱全捐了。虽然不多，但这是她的全部，是她的一片心。捐款后，她心里平静了一点，觉得自己为灾区的小朋友出了一点点力，她从帮助别人的活动中收获了快乐。

那天早上，曲娟正在整理书包，妈妈在给她做早餐。

妈妈一边切葱一边唠叨："东西收拾齐，别到了学校，才想起这样没拿，那样没拿。动作快一点，不要迟到……"

妈妈做好面条，她们坐在桌子旁边吃。这时，妈妈的手机响了。妈妈伸手去拿手机，嘴里嘀咕："这是谁呀？还没到上班时间。"

电话那头传来一个男同志的声音："吴会计，刚才税务局通知，巡视小组今天到我们公司检查账目，请你早点到公司来。"

妈妈放下手机，一边脱下做饭穿的围裙，一边对曲娟说："今天情况特殊，我不能送你上学了。你自己去上学，路上小心。"

曲娟也不在意，不就是自己去上学吗，没什么了不起。

曲娟一边走，一边回忆课表，今天有什么课。

开始的时候，空气还很好，大概 7 点钟的时候，起了雾霾，能见度很低，大概 20 米左右的距离就看不清楚对方。这时曲娟的对面开过来一辆大吉普车，为了避开突然蹿到路中央的一只狗，车子往左边偏移，方向盘失灵，一头撞在曲娟不远处的大货车头上。巨大的撞击声吓得曲娟跳了起来。她朝声音发出的地方看过去，映入眼帘的是，

她的心理素质太差

变形的车头，受伤的司机，司机头上鲜红的血。她吓得不顾一切向前狂奔，突然撞到一棵树上，当她感觉到撞到了什么东西时，就失去了意识。

当曲娟醒过来时，她已经躺在一个白色的世界里，墙壁是白的，被子是白的，枕头是白的。她半天才弄清楚自己是在医院里。突然什么都记起来了，破损的汽车，流血的司机，她又一次晕了过去。

医生叹了口气说："这孩子不但体质差，心理素质也差，神经太脆弱了，像个玻璃人一样。别人出了车祸，她比受了伤的人还痛苦，一次一次晕厥过去。"说完摇了摇头。

医生又提醒妈妈："这样的孩子想得特别多，思维特别敏感，还特别需要关爱，当家长的要尽量多陪陪孩子，帮助她克服这种病态心理。好在她年纪小，可塑性强，而且正处在一个性格、心理发育期，如果加强教育和引导，她是可以成为一个心理健康的人的。"

4 不能给人取绰号

经过这件事,大家都知道曲娟不比一般的孩子,太娇弱了,得有人专门看护她。有人建议妈妈找个亲戚来照顾曲娟。妈妈认为这是个好主意。

妈妈先向外婆求助。外婆见外孙女身体不好,倒是想来帮帮女儿,但是走不开,因为舅舅的孩子才1岁,舅妈年轻,不会带孩子,离不开外婆。

妈妈又想要奶奶住到自己家里来。但是,爷爷有高血压、心脏病,也离不开人。

其他亲戚,全是年轻人,都要上班,不能来帮忙。妈妈无可奈何,只好打消了这个念头。

曲娟出院后,无时无刻不想念爸爸,一想到爸爸,就摸摸爸爸送给她的贝壳和珊瑚。没人在身边的时候,她把贝壳贴在脸上，回忆爸爸亲她的滋味。

妈妈看到曲娟没有爸爸在身边就经常生病，猜测是不是自己做得不好，于是有点内疚。因此，对曲娟比从前上心了。回到家里，妈妈几乎寸步不离曲娟。妈妈一边做饭，一边和曲娟说话，怕她寂寞。曲娟洗澡，妈妈站在卫生间门口，给她递衣服，拿鞋子。早上，连洗脸水妈妈都给曲娟放好，牙膏挤在牙刷上，早点摆在桌子上。晚上只要曲娟开始做作业，妈妈就不看电视了，坐在曲娟旁边看杂志，或者做一些其他事情。

妈妈也不唠叨了，不老是指责曲娟了。她知道要照顾曲娟的情绪了，曲娟胆子小，她每天送曲娟上学，傍晚到学校门口接曲娟。

不久，曲娟发现自己像从前依恋爸爸一样依恋妈妈，时刻离不开妈妈，成了妈妈的影子。有时，曲娟觉得自己不可理喻，好像时间在倒流，她又变回去了，变成幼儿园的小朋友了。

曲娟目睹了车祸发生之后，变得胆子更小了。汽车的喇叭声也会让她胆战心惊，惊慌失措，好像有大祸降临。曲娟走在马路上，老东张西望，时刻担心马路上的汽车方向盘失灵，冲上人行道。车祸中司机血淋淋的惨状，总是在她的脑海里浮现，在她眼前晃动。曲娟不想去想它，但那情景总是不由自主地跳出来。

妈妈知道曲娟害怕汽车，接送曲娟上学时，总是让曲娟走在靠里边，她在外边护着曲娟。

在学校里，稍微大一点的声音都会让曲娟胆战心惊。如果有同学突然高喊一声，会让曲娟半天平静不下来。曲娟更不能听锣鼓的声音，那种嘈杂的声音让曲娟心跳加快，呼吸急促，说不出来地难受。那天学校少先队活动，学校军乐队入场，好热闹，好气派，同学们都非常兴奋。曲娟却受不了这种声音，用手堵住耳朵。好在同学们只顾自己高兴，没有人注意她，不然，他们可能不理解曲娟这种行为。

王老师特别关心曲娟，和曲娟说话的口气都特别温和。"曲娟，没什么问题吧？缺了几天课，要不要让老师给你补一补？""曲娟，今天没不舒服吧？早餐吃的什么？"这些问话，总能让曲娟感受到春风一样的温暖，精神上像被抚摸一样舒服，紧张的神情也能得到放松。曲娟觉得王老师比她的妈妈更懂得她，知道如何保护她。她有时不禁会想：我要是王老师的女儿该多好啊。

班上的女同学对曲娟特别热情，曲娟好静不爱动，她们进进出出总是叫曲娟："曲娟，出去玩吧！"

"和我们一块儿跳橡皮筋去！"

"和我们踢毽子去。"

她们有什么好玩的事，也总告诉曲娟，让曲娟和她们一起分享。

"曲娟，快来看吧，你看刘奕买的这个文具盒多一个功能，多方便。"

曲娟不想动，她们就拿过来给曲娟看。原来这个文具盒上安装了一个小小的计算器，特别小，很好玩，而且实用。

男同学对曲娟也特别照顾，那些总喜欢在班上制造事端，打打闹闹的同学从不找曲娟的麻烦。可免不了他们经常恶作剧去捉弄其他女同学。

那天，胡琨来上学，从菜市场门口经过，在卖鱼的摊子旁边捡到一条小鳝鱼。他用袋子装好，带到教室里来了。

下课了，其他同学出去活动了。曲娟坐在座位上没有动，看见他们几个男同学鬼鬼祟祟在一起嘀咕，然后把什么东西放在汤灿的课桌抽屉里面。

数学课上到一半，老师安排同学们做练习，汤灿伸手到课桌里把书包拿出来，突然摸到一条冰冷的、溜滑的东西，拿出来一看，居然是一条"蛇"，吓得她把"蛇"甩了出去，这条"蛇"刚好落在曲娟的身上，吓得曲娟大叫大哭起来。

老师连忙过来安抚曲娟，胡琨他们几个人站在座位上解释："不要怕，不是蛇，是条鳝鱼，能吃的。"

当然，老师严厉地批评了胡琨他们，让他们向曲娟和汤灿道歉，他们道歉时的态度很诚恳，向曲娟行了一个九十度的鞠躬礼，嘴里还不停地说："对不起！对不起！"一场闹剧就这样平息下来了。

课堂恢复正常秩序，同学们继续做练习。

可这时曲娟觉得非常不舒服，刚才那一吓，出了一身冷汗，现在湿衣服贴在背上有点冷。学校里没有衣服可以换，曲娟又不敢告诉老师。那天晚上，曲娟就开始发烧，第二天不能到校上课了。去医院看病回来，她一个人又不敢睡在家里，妈妈只好请假在家陪她。

王老师知道曲娟病了，带着几个同学到曲娟家来慰问她。

胡琨再三说："我们本来是要吓吓汤灿，没想到她会扔出来，没想到吓着你了。对不起，我们向你道歉。你病好了，以后你要我们干什么，我们就干什么。要不，你这个学期再不用当值日生了,扫地的事,我们包了。"

他们几个男同学争着表态,说再也不敢做这样荒唐的事了,再不恶作剧吓唬其他同学了,下次再这样做就是小狗。

曲娟妈妈被他们逗笑了,说:"曲娟胆子太小,被一条鳝鱼吓病了,说出去,别人都不信,会笑话她。"

同学们听了挤眉弄眼,都赞同曲娟妈妈的说法,但又不敢公开表示。

曲娟怪难为情地说:"我不怪你们,是我自己着了凉,与你们无关。"

几个同学马上对王老师说:"这是曲娟亲口说的,与我们无关,你以后不要批评我们了,也不要告诉家长。"

这几天曲娟没有去上课,在家无聊,她自己数了数到底害怕哪些小动物。

曲娟想她最害怕的可能是老鼠。别看它个头小小的,可是长着尖尖的嘴巴,时刻像要咬人,加上那双眼睛滴溜溜转,不怀好意的样子,觉得它总是在打什么坏主意。它在房间里跑,一点声音也没有,不知什么时候会突然出现在你的眼前,让你吓一跳。它还尽干坏事,它来了就会咬坏你的衣服、书包,那天把曲娟的数学书都咬破了。家里有什么好吃的东西，忘记收进冰箱，它都要去尝尝。妈妈说：它咬过的东西有细菌，人再也不能吃了。就是没有细菌曲娟也不会吃，想起就恶心。所以，曲娟既恨它又害怕它。那天曲娟看见一只老鼠蹲在墙角，她刚要告诉妈妈，老鼠就跑了，真狡猾。如果要争取时间，就不告诉妈妈，自己对付它，曲娟又不敢打它。

曲娟还害怕蛇和蜘蛛。在城市里很少看见蛇，胡琨他们这次是用鳝鱼冒充蛇，其实他们也找不到蛇。但蜘蛛这东西讨厌，它有时会出现在房间的角落里。那么多的脚，全身灰麻麻的。那天，曲娟在《动物世界》里看到了狼蛛。狼蛛的个头很大，比一般的蜘蛛大多了，它具有很强的攻击性。它有时拉着一根丝从天而降，它的脚毛茸茸的，那种绒毛硬邦邦的，让人毛骨悚然。曲娟非常讨厌蜘蛛，从来不近距离去观察蜘蛛。

曲娟还怕蟑螂，这东西还特别多，早上起来，曲娟有时看见它在厨房的灶台上跑，就是不敢去捉它。有时，它在地上爬，曲娟都不敢用脚去踩它。

这些吓人的动物还说得过去，有些事连曲娟自己都觉得说不过去。她爱看图画书，特别爱看有漂亮女孩的图画书。像《白雪公主和七个小矮人的故事》《美丽的小仙女》

《灰姑娘》之类的书。那里面的公主长得漂亮，穿得亮丽，曲娟十分喜欢。可是，书里有好人就有坏人。

　　白雪公主的恶毒母后不但心肠坏，样子也特别难看，一双大而不当的眼睛，像蜜蜂一样的腰肢，指甲长长的手。跟随她的还有一些凶残的妖孽，变幻无常的怪物。每当曲娟看到有母后的画面，就赶快翻过去，她害怕看见这个恶毒的女人、那些让人恐怖的怪物。白天看了这样的画面，曲娟晚上就会做噩梦，从睡梦中惊醒过来。如果旁边人翻到这些画面，曲娟就闭上眼睛，干脆不看。

　　曲娟也感觉到自己和别的女孩子不同，胆子小得出奇，小得不近情理，有时真的说不过去。

　　同学们都喜欢小动物，哪个同学家里如果有小猫、小狗是件值得炫耀的事，他们会在课余时间里津津乐道，讲的眉飞色舞，听的聚精会神。讲的不外乎是小狗会向你送恭喜啦，会转圈啦，谁家的小狗会算术啦，你说几个加上几个，它就会算出答案是多少，叫几声。女同学说的是又给小狗买了什么背心，到宠物店给它理过发，洗了澡。

　　这样的谈话，曲娟一般不参加，她家没有小狗，她喜欢小狗，但她怕小狗咬她。

　　曲娟病好了，终于去上学了。那天汤灿和女同学说有人送她家一条特别好玩的狗，叫茶杯狗。那只狗只有茶杯那么大，可以让它在桌子跑，放在脸盆里给它洗澡，晚上可以放在床上睡觉，特别干净，特别聪明，特别驯服，非常适合女孩子养。只是很贵，要花很多钱。

这事让女同学感到新奇，大家央求汤灿把茶杯狗带到学校里来，让大家开开眼界，欣赏欣赏。

汤灿为难了，因为学校有规定，不允许学生把宠物带进校园。大家七嘴八舌说不让老师发现。

又有人用话讥笑汤灿，说她骗人，她没有这样的狗，大家没有看见过这样小的狗，估计世界上没有这样小的狗。要是真正有，为什么汤灿不带到学校来给大家看看。上次有个男同学不把乌龟带来了吗，放在抽屉里，也没有被老师发现，听说那只乌龟年龄很大，有几十岁了，个头很大，比书大多了。

汤灿经不住大家的央求，大家的猜测也让她受不了，没面子。第二天，她真的把那条叫姣姣的茶杯狗带到学校来了。带进来没费什么事，因为姣姣小，放在一个纸盒里，纸盒放在书包里，站在校门口的老师和保安谁也没发现。

下了课，女同学趁老师不在，让汤灿从抽屉里把姣姣拿出来。那条小狗真的特别小，像个玩具狗。一身短短的黄色绒毛，油光发亮。它很听话，让它站在课桌上，它就站在课桌上不动，转动着头去看围着它的人，不时叫两声，声音很小，几乎听不见。

女同学们对它显示出空前的热情，你摸摸它的头，她捏捏它的尾巴，然后高兴得笑逐颜开，好像摸了一下姣姣就得了什么便宜一样。

男同学不喜欢这样的袖珍品种，他们喜欢勇猛高大的猎狗，说那样的狗才有用，这种茶杯狗只能摆看。

这一天，每堂课下课，女同学就到汤灿的座位上玩狗。只有曲娟没有去。不是曲娟不喜欢这条狗，它那样可爱，她没有理由不喜欢它。她隔这样远看着它，也喜欢，但如果让曲娟近距离接近它，她会害怕它，要她用手去摸它，更是不可能的事。

到了下午，女同学玩小狗的热情低了下来，这时有人说："女同学中只有曲娟没有摸姣姣了，我们送给她摸一摸吧。"说着，几个人抱着小狗朝曲娟的座位上来了。曲娟吓得站了起来，站在课桌中间，身子往后退，随时准备逃跑。

汤灿把小狗放在曲娟的课桌上，一只手扶着狗，一只手拉着曲娟的手去摸姣姣。曲娟顿时吓得嘴唇发白，头上冒出冷汗，又哭又叫。

王老师听到哭声，跑过来问是怎么回事。这样，汤灿把狗带到学校来的事曝光了。汤灿因此受了批评。

女同学这下对曲娟有看法了，议论纷纷，她们从来是想说什么就说什么，不顾及别人的看法，她们当着曲娟的面说了一些让曲娟难堪的话。

这个说："怎么那样胆小，真是病态！"

那个说："只怕是装的，这样可爱的小狗有什么可怕的。"

也有人帮曲娟说话："可能不是装的，你看她汗都吓出来了，你装装试试。"

还有同学说："那天她不是被鳝鱼吓病了吗，她不是装出来的。"

有人不理解，说："不可思议，世上有这样胆小的人，胆子比老鼠还小。"

这个同学的说法得到了大家的认可，都说曲娟是只小老鼠，而且是只胆小的小老鼠。大家公开喊她"小老鼠"。

曲娟不喜欢别人叫她小老鼠，但又无法阻止同学们叫。

有一次，王老师听到了别人叫曲娟"小老鼠"，批评大家说："不能给同学取绰号，这是不尊重人的行为。"

这样，"小老鼠"的绰号才没有人敢叫了，给曲娟取绰号的同学主动给曲娟道了歉，承认了错误。

讲老实话，曲娟承认自己胆子小，也在心里埋怨自己不争气，招人讨厌。

从那以后，女同学和曲娟生疏起来，不再像以前那样关注曲娟。她们还是那样快乐，下了课进进出出，但都不搭理曲娟，曲娟也不找她们。

曲娟渐渐在同学面前抬不起头，总觉得自己不如他们，没有他们勇敢，没有他们大方，没有他们活泼，越来越不敢和他们说话，害怕说出来的话不受大家待见，受到讥笑。

有时，在课堂上，老师提出的问题曲娟也能够回答，她也想站起来回答，表现一下，让同学们知道自己不是一个低能儿，但是曲娟就是不敢举手，等她鼓足勇气想举起手时，又让其他同学抢了先。

那天数学课，老师提问，点名叫曲娟回答。曲娟站起来，她一抬头，看见同学们都看着她，心里就紧张，人一紧张身体里面的肾上腺素分泌增加，心跳加快，呼吸急促，脸色发红，大脑的中枢神经暂时紊乱，不能正常思维，出现短时间失忆。曲娟一两分钟还没有开口说话。其实曲娟知道答案，就是说不出话。老师耐心地等待，不催她。好半天，曲娟终于说出话来，但声音像蚊子叫一样，有个同学喊："大点声，听不见。"

他这一喊，曲娟更是手足无措，头脑里一片空白，她只好停止发言。

老师没有责备曲娟，让她坐下来。

下了课，班主任王老师把曲娟带到办公室。曲娟不敢抬头看王老师的脸，只知道哭。

出乎曲娟的意料，王老师没有和曲娟说数学课上的事，好像很随意地问她功课能赶得上吗，听课吃不吃力，有什么困难就和老师说，老师会帮助她的。

王老师听数学老师说曲娟回答问题不大胆，有同学指责她声音小，马上想到应该抚慰她，让她不受到伤害。王老师这时本能地感觉到曲娟没有自信，需要精神支持。

有一次，王老师和校医说起曲娟胆小得不近人情，好像不正常的事。

校医说曲娟可能有心理障碍。她这样长期生活在恐惧情绪中，她的生活能力和社交能力会比同龄孩子低，会影响她的健康成长。不过她这种情况也不必吃药，不必停课，可以试试心理治疗的方法。

王老师又打电话咨询了心理医生，心理医生告诉她：孩子在小学阶段出现恐惧心理要及时纠正，不能任其发展，如果长期这样下去，孩子有可能得抑郁症，或者是恐怖病。

王老师约见了曲娟的妈妈，把曲娟近来在学校的表现告诉了她，也把校医的话告诉了她，希望引起她的重视。

这时的曲娟确实特别需要关爱。但是，妈妈回来家务事很多，有时只顾干活，忽视了曲娟的情感需要。

很多个晚上，曲娟睡不着，她想得很多。

懂事的曲娟想：爸爸不在家，我孤单，妈妈也孤单，她的压力比我更大。妈妈从小被外婆惯坏了，不会做家务。过去，好多家务活都是留给爸爸做，比如搞卫生，洗衣服，整理房间这些事。现在爸爸出国了，家务事要妈妈一个人干。她又要上班，又要顾家，确实不容易。

曲娟体贴地想：以后，妈妈睡着了，我没睡着，就尽量不要打扰她，让她多睡一会儿。

那天晚上，曲娟喝多了水，半夜要上厕所。她看看熟睡中的妈妈，不忍心叫醒她，就自己憋着。她夹着双脚忍着，忍到肚子痛，不自觉哼了起来，结果还是闹醒了妈妈。

妈妈说："你怎么不叫我呢？这样憋会落下病的。要不，明天晚上开始，厕所里的灯不关，让它一直亮着，方便你晚上起来上厕所。"

曲娟心里说：就是厕所里的灯亮着，我也不敢起来上厕所，我非得有妈妈陪着才行。她没有说出来，她怕打扰妈妈的睡眠。

有时，曲娟也问自己，怕什么呢？怕鬼吗？不，她相信世界上没有鬼，爸爸从前就和她分析过，从来没有人看见过鬼，人们说鬼的时候总是说"从前""我听说"，那说明鬼是不存在的。既然没有鬼，曲娟也相信没有鬼，那她到底害怕什么？曲娟说不上。她也说不出具体怕什么，反正没有大人在身边，自己就心神不宁，定不下心来。

曲娟知道自己不正常，但是不知道要怎么办，她很苦恼。

5 称职的小组长

爸爸出国时，再三和妈妈说，困难是暂时的，一切要向前看，未来是美好的。爸爸妈妈的未来是曲娟，曲娟是他们的希望。

爸爸走了之后，妈妈确实把生活的重心放在曲娟身上，一切围着曲娟转。可是，事与愿违，妈妈发现曲娟身上的问题越来越大。人家的孩子像树苗一样，越长越粗壮。自己家的曲娟却像棵豆芽菜，长得歪歪扭扭，弱不禁风。

别的孩子越长越大，越来越有主见，十一二岁的孩子，多多少少能干一些家务，为父母分担一点点负担。曲娟胆小的毛病越来越厉害，越来越黏人，一时都离不开人。她睡觉要人陪，上厕所要人陪，做作业也要妈妈坐在旁边陪，像个婴儿一样缠人。只要一会儿工夫见不到妈妈，她就会惊慌失措，泪流满面。有时曲娟妈妈事多，不耐烦，对她语气稍有不好，她就哭，哭起来没个完。曲娟妈妈看着她可怜，就去哄她、迁就她。现在，曲娟妈妈上完班，就得赶快赶到学校去接曲娟。妈妈不来，曲娟就站在校门口等，一个人不敢回家。

这让曲娟妈妈非常忧虑，也不敢和爸爸说，爸爸在国外，他知道了也没有用，鞭长莫及，只能干着急，又何必加重他的思想负担呢。

妈妈不知道曲娟是哪儿出了问题，要如何帮助她。妈妈和朋友们说起自己的忧虑。朋友也帮不了她，因为他们中间没有一个人懂教育。有个朋友出主意说，学校老师都读过师范大学，学了教育学，是这方面的专家，不如找曲娟的老师，向他们请教。

曲娟妈妈觉得朋友说的有道理，星期五的白天，她给王老师打了一个电话，说自己有事向王老师请教、商量。如果明天王老师有时间的话，那就见个面。

王老师说："我明天晚上去你们家，行不行？"

曲娟妈妈马上说："还是我去你们家吧。因为这次谈话事关曲娟，所以不能让她参与谈话。如果她在场，我们说话不方便。曲娟又不敢一个人待在另外一间房间里，你们家有人陪曲娟吗？"

王老师说："没问题，我爱人可以陪曲娟。"

第二天是双休日，晚饭后，她们母女如约去了王老师家。

王老师简直认不出曲娟的妈妈了。原来那么丰满乐观的人，现在不但显得憔悴、疲惫不堪，而且神情十分沮丧。

王老师很同情她，丈夫因为出国工作，家庭重担全落在她一个人身上，加之曲娟又不让人省心。王老师在心里对自己说：能帮她的一定要帮，这是我的责任。

进来在客厅坐下来后，曲娟妈妈对曲娟说："你在客厅里和叔叔一起看电视。妈妈有些事要和王老师商量，让她帮我出出主意。比如房贷要怎样还才合算啦。你小，你不懂。"

曲娟顺从地低下头，表示愿意在客厅看电视。

曲娟的妈妈随王老师来到了她家的书房。王老师请曲娟妈妈坐在椅子上。

曲娟妈妈先把门开了一条缝，悄悄朝外面看了看，然后轻轻关上，重重地吐了一口气，看着王老师。

"你找我有什么事吗？"王老师想知道她为什么找自己，其实她心里已经猜测到，曲娟的妈妈是为曲娟而来。

曲娟妈妈半天没有回答，她是在做谈话的准备，斟酌话该怎么样说。

王老师是个有耐心的人，没有催她，等着。

谁知王老师等来的是眼泪。曲娟妈妈还没说话，眼圈先红了，接着眼泪"吧嗒吧嗒"往下落。

王老师一时不知应该用什么话去劝慰她。王老师年轻，工作时间不长，从来没有经历过这样的事。不过她知道，人不伤心泪不流，曲娟妈妈的心理压力一定很大。她抽了几张纸巾递给曲娟妈妈。

过了一会儿，曲娟妈妈终于控制住了自己的情绪，慢慢地说了起来，声音很低，客厅里的人根本就听不见。

"大家知道，我是个没有主见的人，家里的大小事情都是我爱人做主。这次，我爱人出国了，把整个家扔给了我。他临走时交代我，要我好好教育曲娟。可是，眼看着曲娟出了问题，我却束手无策，只能干着急。我今天来找你，为的是曲娟的教育问题。"曲娟妈妈说。

"曲娟怎么啦？她在家不听话？"王老师问。

"不是的，她在家很听话。但比不听话让我更伤脑筋。"曲娟妈妈说起了曲娟不正常的胆小，说到曲娟一时都离不开人，她说，"我倒不是怕累，问题是，曲娟这样下去怎么得了。她不可能一辈子待在我身边,她还要出去读书,出去工作,要走入社会。如今社会竞争这样厉害,她胆子这样小,将来怎么办?她时时刻刻离不开大人,将来不是个废人吗?我和我的朋友们都知道曲娟是出了问题,可是出了什么问题,要如何教育,我们一点办法也没有。我没有别人可请教,只能求你。那天,你告诉我,曲娟可能是心理毛病,我连心理学这个词也才听说。请你告诉我,曲娟到底怎么啦?我们家长哪些方面做得不好,应该怎么样做才对。"

王老师确实曾经去请教过校医,校医当时没有说透彻,他毕竟不是心理医生。电话里心理医生也说不了那么多,自己也没有完全弄明白。她回想自己读大学时,也学过教育学、心理学,好像书本上的内容也没有涉及这方面的具体例子。

王老师首先安慰曲娟的妈妈:"你不要着急,曲娟只不过遇到了一点心理障碍,也不是什么大毛病。我们现在发现了,帮她纠正还来得及。她还小,性格没有定型,可塑性很强。我们共同努力,帮助她回归到正常的状态上来。"

曲娟妈妈见王老师态度诚恳,答应帮她,神色稍安,一副毕恭毕敬、洗耳恭听的样子。

王老师说："这样好不好，我去查查资料，找一找和曲娟情况相似的案例，看别的老师、家长是怎样做的。我再打电话问问我大学的老师，向他们请教，看他们有没有什么好办法。过几天，你再上我们家来，我们商量一个适合曲娟的教育方案。你看行不行？"

曲娟妈妈连忙说："专家就是专家，说起来头头是道。我听你的，你说要我怎样做，我就怎样做。"

王老师谦虚地说："我可不能算专家，只不过我是干教育的，我的岗位是教师，教育学生是我的职责。我们共同努力，曲娟一定能和其他孩子一道健康成长。"

曲娟妈妈这时感觉找到了靠山，心情比来的时候好多了。

他们从书房里出来，王老师爱人坐在那儿打瞌睡。为了迁就曲娟，他让曲娟看动画片。他对少儿动漫一点也不感兴趣，当然打瞌睡了。不过，曲娟倒是没有什么不适，因为有大人坐在旁边，她看得很投入。

她很警觉，看到妈妈出来，她就站起来，准备和妈妈走。

曲娟母女走后，王老师没有看电视，静静地坐在书房里，脑海中搜索着对曲娟星星点点的印象，她生病时的样子，她做课间操时的表情，她远离同学们一个人坐在座位上的神态。王老师想把这些零星散片联成一体，形成一个完整的形象。但王老师不得不承认，自己对曲娟的了解还是不够全面，哪怕是这样费力地去拼凑，她也难以对她有个全面的看法。王老师只知道她体弱多病，文静不爱动，多愁善感。是什么原因导致她这样胆小、脆弱，离不开大人，王老师心里没有底。

王老师有点自责，想是不是自己没有尽到应该尽的责任。她又为自己开脱，一个班50多个学生，现在的孩子个个不简单，光是维持正常教学秩序就够忙活的，一天到晚就像是在打仗。要真正了解班上的每个孩子，那要花多少时间？自己有这么多时间吗？

这个问题扯不清楚，王老师就放下不想了。

她告诫自己，以后的日子要多观察曲娟，亲近她，取得她对自己的信任，让她把心里的真实想法告诉自己，才好对她有一个全面的了解，再制订切实可行的计划，对症下药。

王老师打电话给她的大学老师，把曲娟的情况告诉他。教授向王老师推荐了一个教心理学的教授。这个教心理学的教授很忙，给了王老师几份资料，让她自己去学习，有问题再找他。

现在，王老师一有时间就看心理学的教材，武装自己。

在教室里，王老师总是坐在曲娟前面的座位上，反过身子和曲娟说话。刚开始，曲娟的眼睛不看王老师，她神色紧张、拘谨，从来不主动和王老师说话，王老师问一句，她回答一句，像挤牙膏似的。王老师像那次在操场旁一样，故意说些孩子气的话，和曲娟拉近距离。几次之后，曲娟神态轻松多了，脸上居然有淡淡的笑意。

曲娟的轻微变化，增强了王老师的信心，王老师决定和她正面接触，推心置腹地谈一次话。

那天上自习课，办公室里没有老师。王老师把曲娟叫到办公室，没有像往常一样，老师坐着，学生站着说话，这次王老师和曲娟并排坐在沙发上，造成一种随便聊天的轻松气氛。

首先，王老师从表扬曲娟切入话题："曲娟，我刚才检查家庭作业，发现有的同学做作业很不认真，字迹潦草，不应该错的地方也错了。但是，你的作业做得很好，不但工整，而且没有错误。"

曲娟没想到老师会表扬她，显得局促不安，低下头玩自己的衣角。看得出她非常高兴，想笑又没有笑，很不好意思。

王老师故意逗她说话："这些作业你全会做吗？是不是要妈妈辅导了？"

曲娟抬起头来，挺起身子，急切地解释说："没有，没有，全是我自己做出来的。"口气中充满了骄傲，第一次用眼睛看着王老师的脸，关注王老师的反应。

王老师看她着急，马上肯定她："是自己做的就好，老师相信你。"

她明显松了一口气，神色没有那么紧张了。

王老师用眼神去追求她的眼神，她还是不敢和人对视，马上低下头，看着脚尖。

王老师故意问她："晚上你一个人在家做作业？"

"我妈妈在旁边陪我。"她想了一会儿，才吞吞吐吐地说。

"干吗要妈妈陪在旁边？"王老师引导她自己说出问题。

"不知为什么，妈妈不在身边，我就心神不安，作业做不好。"她很坦白，没有回避这个问题。

王老师接着追问："妈妈不在身边你害怕什么？"

她想了一下，说："也说不上怕什么，就是心里不安。

我也想做个胆大的人，但就是不行。老师，你能告诉我，这是为什么吗？我这个样子给别人造成好多麻烦，让妈妈觉得我是个累赘。"王老师第一次听到她讲这么多话。说明她已经信任王老师，肯和王老师说心里话。

王老师很感动，多懂事的孩子，她也不想给别人添麻烦。同时，也很同情曲娟，她控制不了害怕的情绪。

王老师拍拍她的肩膀，对她说："妈妈爱你，并没有把你当成累赘，只是希望你能够胆子大一点。让我们帮助你好吗？"

曲娟一下抓住王老师的手，抬起头看着她，急切地说："真的吗？那太好了。"王老师用眼神去迎接她的目光，她第一次和王老师对视，眼睛里流露出来的迫切情态，激起王老师更强的责任感。

那天晚上，王老师去了曲娟家，让曲娟在自己房里做作业，打开客厅的门，王老师和曲娟妈妈在客厅看着她，她们轻轻地谈话，不让她听见。

王老师告诉曲娟妈妈，曲娟胆小是一种心理问题，形成胆小的原因可能有先天带来的因素，她体弱多病，总觉得自己不如别人，逐渐产生自卑情绪。后天家长对她溺爱，挡在她的前面，什么事都替她包办，不让她去面对困难，使她养成了依赖心理，离不开大人，缺乏自信，只相信大人，不相信自己。久而久之，她的潜意识里形成自己不行，不如其他同学的意念，变得越来越没有自信，越来越胆小。

王老师为了让曲娟的妈妈完全理解自己的意思，给她讲了一个故事：有一只幼蝶正在茧中痛苦地挣扎，有个好心人看了心中不忍，就拿来剪刀把茧剪开，帮助幼蝶脱茧而出。可是，这只早产的幼蝶身体软弱，翅膀干瘪，根本就飞不起来，不久，就死了。原来，幼蝶在茧中挣扎的过程是在锻炼自己，让身体更加结实，翅膀更加有力，使自己破茧之后能够飞翔。恰恰是那个好心人的帮助害死了这只幼蝶。

王老师告诉曲娟妈妈：只要家长和老师积极配合，给她创造条件，她胆小的性格是可以改变的。首先，要帮助她树立自信心，当孩子对自己充满信心时，她就会有勇气去面对困难，克服困难，成为一个敢说敢做的人。现在的具体做法是要鼓励曲娟走出原来什么事都让大人包办的圈子，丢掉依赖思想，到实践中去经受锻炼，去磨砺自己的意志，增强自信心。

当曲娟妈妈同意王老师的看法，表示自己愿意配合老师做工作时，王老师给她支招，在家里，曲娟自己的事，要让她自己干,让她有锻炼的机会。平时对曲娟说话要采用肯定的方式,多表扬,不批评。她有什么优点,马上肯定,让她觉得自己和其他同学没有什么不同,和优秀的同学一样聪明,有能力。那些"你怎么这样胆小""你真没用""你看你比他差多了"的话不能说。这些话无意中对她的心理起了暗示作用,使她觉得自己真的不行,真的不如别人,只会更加自卑,更加胆小。

王老师还告诉曲娟的妈妈,在学校里她也会利用一些机会去提高她的自信心。

王老师离开的时候,表扬了曲娟一句:"你今天没要人陪,自己一个人做作业,不是挺好吗?其实你的胆子不小,你只是想有人陪你。"

曲娟没有说话,回报王老师一个羞怯的微笑。这就是进步,以前她从来不主动对人笑的。

第二天的课堂上,王老师表扬曲娟的家庭作业做得认真,不但字迹工整,而且答案也没有错误。

同学们都把羡慕的眼光投向曲娟,王老师带头鼓掌。

在热烈的掌声中,曲娟涨红了脸,低下了头。王老师发现这节课,曲娟几次跃跃欲试想举手回答问题,但终究因为胆小,放弃了。

这是一个很好的开端，王老师很高兴。王老师本来想提醒她，课堂上发言可以锻炼自己的胆量，但王老师没有找她谈，认为不要操之过急，得慢慢来。

一天上课前，王老师悄悄对曲娟说："说不定今天我会让你朗读课文，因为我相信你会读得好。"曲娟没有说话，回到座位上预习课文去了。

上课时，王老师真的点名让曲娟朗读课文。同学们感到有点意外，因为曲娟没有举手。王老师解释说："我们要让每个同学都有机会表现自己，我们大家听听，曲娟同学在家有没有认真预习课文，她读得怎么样。"

曲娟吞了几次口水，鼓起勇气站起来，低着头读。

公正地说，曲娟读得不怎么样，比起有些同学声情并茂的朗读，还差得很远。最大的问题是声音太小了，那些顽皮学生喊叫："声音太小了，听不见。"王老师马上做手势压下他们的喊叫。

也许是曲娟一心一意读书，没有听见顽皮同学的喊叫，她的情绪没有受到影响，她一直读完才坐下。

王老师马上让同学们评议她读得怎么样。王老师让那些温柔的女学生发言，她们几个都肯定曲娟读得流利。

不注意小节的孩子们哪里留意到，曲娟这是第一次当着全班同学的面朗读课文。曲娟能站起来朗读课文就是胜利。王老师高兴地肯定了孩子们对曲娟的评价，对她声音太小的缺点忽略不计，并对全班同学说："其实，我们班上有些同学很优秀，但他们不善于表现自己。你们看，曲娟平常不爱说话，今天就证明她可以很流利地朗读课文。"

王老师用眼睛扫了一下课堂，孩子的眼睛全都亮晶晶地看着她，曲娟的眼睛也分外明亮，她比其他同学的眼神里多了一份感激，聪明的她体会到这是老师在帮助她、鼓励她。

那些平时不大爱举手发言的孩子也很兴奋，脸上露出微笑，觉得王老师也是在鼓励他们，颇为自慰，教室里顿时充溢着自信的情绪。

下节课，课堂上举手发言的人多了起来，老师提一个问题，同学们的小手举得像春天花园里的嫩芽，一片片的。同学们争先恐后举手发言，让曲娟也克服了羞怯，增加了自信，终于，她也举手了，王老师不失时机，让她起来回答问题。

就这样一次，两次，经过多次的发言，曲娟对上课举手发言习以为常了，排除了畏惧心理，和班上的其他学生一样，争先恐后表现自己。每当她成功地回答了一个问题，就会得到老师的肯定，得到同学们的掌声，她就会坐在那里抿着嘴笑，这时她的心里充满了成就感，陶醉在自我欣赏之中。这种得当的赞扬、掌声，让曲娟认为自己并不比谁差，让她敢于和同学们交流。自信已经在她的心中发芽，只要勤于浇灌，施肥，不愁它不茁壮成长。

曲娟和同学们的关系在悄悄发生变化。女同学做游戏时，也会叫曲娟，有什么好吃的，也分给她一份，有什么好玩的，也和她分享，曲娟回归到了集体中，融入了集体。

只不过她还是比其他同学矜持，不张扬，不热情。

课间休息时，曲娟虽然还是待在座位上，不过没有像从前一样伏在课桌上，而是眼睛看着窗外，似乎和那些在操场上跑跑跳跳的同学一样高兴，但她还是没有迈出教室，因为她对自己的身体没有信心，她害怕晕倒。

王老师适时地提议："曲娟，到走廊上活动一下筋骨，一天到晚坐在教室里，对身体没有好处。"

她很听王老师的话，下了课，就站在走廊上，看着同学们嬉戏，追跑。

曲娟的妈妈常常打电话和王老师沟通，他们相互交流自己的做法，报告取得的成效。

曲娟妈妈告诉王老师，近来，曲娟回到家里话多起来了，说的都是班上同学的事。谁上讲台演算习题得到了老师的表扬，谁被选进了学校合唱队，谁的作文被老师拿到班上当范文念了。

曲娟妈妈发现曲娟比过去关心周围发生的事情，她的心扉在慢慢地打开，心里的东西在向外释放，也悄悄地在接受外界的信息。

王老师让妈妈晚上打发曲娟一个人到别的房间去拿东西，锻炼她的胆量。王老师说："曲娟肯定不肯去，说自己害怕。这时，你就要注意说话的先后，一开始就要肯定她能做到，暗示她能做到，要先入为主，让她有自己行的心理准备，然后再说要她做什么事。"

这天晚上，妈妈看见曲娟的作业做完了，对她说："曲娟，妈妈累了，去给妈妈倒杯水。"

曲娟松开了抱妈妈的手，说："到厨房里去倒？"

妈妈鼓励她说："你们老师说，今天有个同学把脏纸屑丢在地上，你帮他捡起来放进垃圾桶，还批评了那个同学，你真了不起。到厨房去倒杯水，小事一桩，为了妈妈，就辛苦你一下。"

曲娟看了看妈妈，把妈妈的保温杯拿在手里，站在房间中央，犹豫不决。

妈妈想了想,如果这时自己过多地去提醒她不要怕,反而会加重她的思想负担,对黑暗的地方更加发怵。自己如果说你不用害怕,我在这里呢,就会起一个暗示——她不勇敢,要靠妈妈给她壮胆的副作用。于是,妈妈装作没有看见,也不催曲娟,只顾做手上的事。只是好像不在意地说了句:"今天的菜放多了盐,口特别干。"妈妈强调自己口渴,分散曲娟的注意力,让她思想放在快点给妈妈倒水上,忘记害怕。

曲娟站了一会儿,几乎是跑步到厨房给妈妈倒了一杯开水。她把开水递给妈妈的刹那间,突然明白了,说:"妈妈,你是故意的,你是要锻炼我的胆量,是吗?"

曲娟确实聪明。妈妈没有正面回答她,只是遵照王老师的嘱咐,表扬她说:"你胆子很大呀,你可以一个人到厨房里去了,连灯都没有打开。"

显然,曲娟对自己没有开灯很满意,说:"不开灯也看得见。"她的思想没有再纠结在害怕黑暗上。

万事开头难,有了第一次,第二次就容易了,后来妈妈经常让她到卫生间拿毛巾,到阳台拿衣服,到门口看看,是不是有人敲门。曲娟的妈妈神态自然,样子随意。妈妈的情绪影响着曲娟,曲娟也没有表现出惊恐不安。慢慢地,曲娟的意识发生了变化，对黑暗不再恐惧了。

那天，曲娟在做作业，妈妈在看杂志，突然，厨房里传来"嘭嘭嘭"的响声，这种声音很奇怪，妈妈心里也没底，不知道是什么东西响，她对曲娟说："你去看看。"

曲娟一脸的疑问，说："我？"

"当然是说你，我们家还有别人吗？"妈妈用不容置疑的口气说。

曲娟迟疑了一下，还是去了。她先打开厨房里的灯，回来说："是厨房窗户没关，风吹得窗帘响。"

妈妈见她脸不红，心不跳，一点也不畏惧的样子，知道她确实比从前好多了。

这次，班上一个学生因爸爸工作调动，转到别的城市去上学了。这个学生是小组长，他一走，就要另外选一个人顶替他。

王老师想，这是个好机会，可以让曲娟锻炼锻炼。事先，王老师找曲娟谈话，说自己有要她当小组长的想法，想听听她的意见。

听到王老师罗列自己的优点，学习认真啦，做事细心啦，曲娟显然很高兴，嘴巴扯到耳朵边了，差点笑出了声。到底是孩子，情绪全写在脸上。后来听说要她当小组长，笑容就在脸上冻结了。她低下头，小声地反对，说："我当不了，我当不了。"

王老师问她为什么当不了，要她把理由说出来。

她考虑了半天，才说："我的语文成绩没有吴梅好，我的数学成绩没有戴刚好，我体育差点不及格。同学们不会听我的。"吴梅和戴刚都是曲娟那个小组的同学。

王老师又一次深深体会到敏感孩子的细腻的心思。一般这样大的孩子，巴不得当个班干部，好向大人报喜，向同学炫耀，哪里想得这样复杂。一事当前，曲娟首先想到的是自己的不足，想到自己不够优秀，在同学们当中没有威信。她的思维模式偏向于对忧患考虑过多，对光明认识不足。暴露出她缺乏自信的根本原因是思维方式的问题。

王老师鼓励她说："你换个角度来看待这个问题试试，你不能总是拿自己的短处去和别人的长处比较。其实，你不比任何人差，吴梅语文成绩好，数学没有你好，戴刚数学成绩好，作文没有你写得好。体育成绩不是一成不变的，我们可以加强锻炼，下次提高一点。我相信你能当好这个小组长。"

曲娟听王老师这样说，勉强同意试试。不过，她又补上一句："我害怕我的身体不行，误事。"

王老师态度坚决地说："其实你没有病，是你把自己禁锢得太紧，缺乏锻炼，弄出来的假想病。就和有些人一样，其实同学们喜欢他，他自己老是疑心这个同学是他的对头，疑心那个同学排斥他，树立一些假想敌。"

曲娟愣住了，半天才回过神来，说："老师你真的这样认为吗？我真的没病，是我疑心自己有病吗？"

王老师为了给足曲娟正能量，不容置疑地说："你真的没有任何病，你的病是你坐在那里胡思乱想，不爱参加体育活动造成的。"

曲娟不自觉地伸了伸胳膊，想找找感觉，然后低头笑了一下，走了，甚至忘记和老师道别。

王老师知道，自己的话给了曲娟很大的震动，让她慢慢去体会、消化。

王老师马上给曲娟的妈妈打电话，说今天她发现曲娟的思维方式有问题，遇事老是朝悲观的方向想，所以总是那样郁郁寡欢。今后遇到什么事，要引导曲娟多想好的那方面、光明的那方面。

让王老师料想不到的是，曲娟的小组长当得很顺利，根本不需要她帮忙。曲娟每天来得特别早，门卫打开校门，她就进来了。

因为曲娟认为，老师让她当小组长是对她的信任，不

称职的小组长

能辜负了老师的信任。

早自习时,她收好同学们的日记,整整齐齐放在办公桌上。王老师批改完了,她又拿去发到每个同学的桌子上。数学老师也反映,曲娟工作很负责,有同学课堂作业没做完,她就在旁边耐心等。

一次,戴刚头天晚上陪爸爸妈妈去看外地回来的姑姑,没有写日记。第二天曲娟去收他的日记,他交不出来。曲娟站在他的课桌前不肯走,戴刚恼羞成怒,去推曲娟,把曲娟推倒在地上。女同学不依了,都站出来批评戴刚,说他欺负同学,让他承认错误。

戴刚见众怒难犯,只好向曲娟请求原谅。没想到曲娟不纠缠在推自己的事上,却说:"我摔倒了没关系,只是你还得去向老师说清楚,你为什么没写日记。"

这件事让同学们对曲娟刮目相看,原来曲娟也会坚持自己的原则。这在以前是根本不可能的。

这件事让王老师感慨万分,看来孩子的潜力无法估量,就看老师、家长怎样去挖掘。王老师让她当小组长的初衷是要培养她的自信,锻炼她的胆量,没想到她还是个当班干部的料,工作那样负责,那样坚持原则,处理事情那样理性。

培养她的自信心

王老师到底是教育科班出身，学过教育学，现在又在猛给自己充电，业余时间学习儿童心理学。她懂得孩子，也懂得怎样去教育孩子。她找到了曲娟胆小的病根，孩子胆子小是因为对自己没有信心，心理上形成了一种依赖性。她提供给曲娟妈妈的方法是科学的，正确的，她的提醒也是及时的，恰到好处。

王老师经常和曲娟妈妈交流，曲娟妈妈觉得从中得到启发，受益匪浅。

曲娟妈妈按照王老师的指点，没有简单地指责曲娟胆小，而是用肯定的方法，一步一步引导她去克服怕黑暗的毛病，提升她的自信。当曲娟有进步了，她再让曲娟进行难度大一点的锻炼。

王老师又告诉曲娟妈妈，要学会在孩子面前示弱。平时对曲娟说话不要太强势，你太强势了，她就没有自信，什么都听你的，按你说的做。也不要什么事都替曲娟做，这样就剥夺了她干这件事的思维过程，长久下去，她不但依赖你，而且思维不发达，有害无利。有些她能做的事，你要让她自己干。

那天，曲娟妈妈抱着试试看的态度，没有居高临下地对曲娟发出命令，而是用聊天的口气对曲娟说："娟娟，我们商场周围小区的入住率不断上升，我们的生意越来越好，营业额翻了几番。妈妈现在很忙。以后你自己的房间自己收拾好吗？假如早晨起来你能自己叠被子，自己洗漱，就能减少妈妈的负担。"

曲娟想也没想回答说："早上起来，你去忙你的吧，这些事我干得了。"

第二天早上，妈妈起了床，叠好自己的被子，留下曲娟的被子没有叠，就去厨房里做早点。

曲娟自己叠被子。她人不高，不能像妈妈一样站在地上叠，而是在床上来来去去折腾。

妈妈性子急，见她半天还没有叠好，已经气喘吁吁，恨不得上去，三下两下帮她叠好。但一想到王老师说，大人不让孩子劳动就是在剥夺她实践的权利,是在害她,只好按下性子,耐心等待。

那天,被子虽然叠得不好,但曲娟心情很好,几次自言自语"我会叠被子了",好像干了件了不起的大事一样。第二天她就加快了速度。

妈妈又按王老师说的,表扬她说:"曲娟真不错,你这是在帮妈妈。"

曲娟脸上掠过一丝笑容,她虽然没说什么,妈妈知道她很在意这个表扬,心里乐着呢。

这天晚上,曲娟刚做完作业,在收拾书包,样子很快乐。

妈妈和她聊天:"娟娟,你这个小组长当得称职吗?"

曲娟想了想,说:"称职不称职我搞不清楚,因为我不知道怎样才算称职。不过我知道,王老师对我很满意。"

"你怎么知道王老师对你满意?"妈妈问。

"王老师那天对我说:曲娟,你本来怕当不好这个小组长,你现在不是当得挺好的吗。"曲娟得意地说。

"原来你为什么不肯当呢?"妈妈顺着这个话题说。

"那时候我胆小,怕呗。"曲娟回答。

"那你现在的胆子大些了?"妈妈故意激她。

"好像是比以前大了一些。"曲娟没有把握地说。

妈妈想起王老师的话，表扬她说："这段时间，你进步挺大的。妈妈为你高兴，你不像从前一样什么事都依靠妈妈了，现在是妈妈的小帮手了。爸爸如果来电话，我就向他报喜，说你进步了。"

曲娟笑了，抱着妈妈的脖子，亲了一下妈妈。

妈妈决定乘胜前进，进行下一步计划。妈妈说："曲娟，妈妈一天到晚上班，回家还要做家务，晚上是不是也可以让妈妈娱乐一下。"

曲娟紧张起来，睁大眼睛看着妈妈，等着妈妈说出下面的话，害怕她出难题。

妈妈说："你学习时那样专心，作业都会做，又不用妈妈辅导，妈妈坐在这里对你也没什么帮助。还不如让妈妈看看电视，放松一下。"

曲娟松了一口气，好像这件事对她来说并不太难，这让妈妈更放心。

妈妈继续说："我白天做账，眼睛都看花了，晚上坐在这里为了不打扰你，只能看杂志，字太小，眼睛实在吃不消。"

曲娟说："那你就去看电视吧。只不过不准关门。"

"不关门就不隔音，影响你的学习。要不，妈妈还是不看算了。"妈妈想把这件事做彻底，一次到位，就故意这样说。

"那就关门吧，反正我现在胆子大了。"曲娟好像也不特别反对，头都没抬。

不要看这都是一些小事，只要曲娟不黏着妈妈，不像婴儿一样要人照顾，妈妈就轻松多了。晚上，曲娟关上门搞学习，妈妈就可以做自己想做的事，把衣服洗了，把地板擦干净，把第二天的早餐准备出来。家里现在干净整洁，窗明几净。

妈妈对自己轻松不轻松不在乎，最让她高兴的是曲娟变得勇敢了，和她沟通起来不吃力了。她不像以前了，动不动就喊妈妈，什么事都要拉上妈妈和她一起去做。妈妈欣慰地想：她这样发展下去，不久就能和其他正常孩子一样了。

那天上班，曲娟妈妈给王老师打了一个电话，把曲娟的一些进步告诉她。王老师很高兴，说曲娟在学校的进步也很大。让妈妈继续放手，增强她的独立生活能力。

妈妈想：其他孩子都和父母分床睡，也要让曲娟一个人睡，不过这事不能操之过急。

一天，妈妈看见曲娟比平常放学早，心情也好，就一边做饭一边和她聊天："曲娟，你晚上睡得好吗？"

"睡得还可以。"她顺口回答。

"你晚上听见我打鼾吗？"妈妈试探着问。

"有时半夜醒了就会听见。"她说。

"你看，那多不好，影响你的睡眠。"

"没关系，我一点也不在乎。"曲娟打断妈妈的话。

妈妈马上对父母和孩子睡在一个房间提出看法："无论是国内还是国外，教育专家都主张孩子大了要和父母分开睡。一般情况下，孩子生下来就和父母分床睡，开始是睡在一个房间里，到了五六岁，孩子就要被移到另一个房间里，单独睡一个房间。"

曲娟沉默不语，不发表看法。

妈妈估计曲娟不会主动提出和父母分开睡，只能是大人提出来："曲娟，说实在的，妈妈年纪大了，睡眠不好，醒了就很难再入睡。晚上，你老是滚来滚去，拳打脚踢，常常把我搞醒，我醒了就睁着眼睛到天亮。"妈妈停下来，看看她的表情。

曲娟盯着妈妈，一副不知所措的神情，似乎为自己影响了妈妈的睡眠而内疚，又好像有难言之隐。其实曲娟平常醒了就再也睡不着了。她觉得妈妈言过其实，妈妈每天睡得可香呢。

妈妈硬下心来，说："我们分开睡吧！分开睡对你好，对我也好。"

曲娟没有说话，妈妈又想起了王老师说要用鼓励法来提升她的勇气，说："你现在可以说是很勇敢了，我估计你一个人睡没问题。"妈妈微笑着看着曲娟，用眼神鼓励她。

曲娟想了一会儿，轻轻地说了一句："试试吧。什么时候开始？"她知道，不是妈妈睡不好，是妈妈想让自己锻炼胆量。

"那就从今天起吧！"

晚上，曲娟做作业的时候，妈妈把自己的卧室收拾干净，做好分开睡的准备工作。

到了十点钟，妈妈推开曲娟的房门，搬走自己的被子，对曲娟说："你洗漱后就睡这里，我睡自己的卧室了。"

曲娟突然紧张起来，说："我可以开着灯睡吗？"

"开灯光线太强，影响睡眠质量，最好不开灯。"妈妈说。

"那不行！我要开灯睡。"她坚决反对，"妈妈，你还要打开房门，我也打开房门，我说话你能听见。"

妈妈对她说："你不是胆子很大了吗？你一个人睡怕什么呢？"

"其实我什么也不怕，我知道世界上没鬼，谁也没有见过鬼。我也不怕贼，因为我们家的防盗门很结实。但是，我一个人睡总是不安心，睡不着。"

"你看，道理你比我还懂得多，胆子又大。我看你这是习惯问题，因为你从来没有一个人睡过，你今天就来个第一次，好不好？"

晚上，妈妈虽然睡在这边房间，却竖起耳朵关注曲娟房间里的动静。她听到曲娟喝水的声音，铺被子的声音，上床睡觉的声音。妈妈以为万事大吉了，自己也上床睡觉。忙了一天，头一挨枕头就睡着了。

睡梦中，妈妈总觉得身边有什么东西挤她，她不自主地往旁边移动，直到"嘭嗵"一下，她掉到地上了，才醒过来。

原来曲娟一直没有睡着，半夜爬到妈妈的床上来了。

曲娟不好意思地告诉妈妈："其实我心里并不害怕，主要是睡不着。睡不着就东想西想，就心发慌，而且越来越慌，最后，连被子都没搬，钻到你的被窝里来了。"她不想妈妈认为她胆子小，解释着。

妈妈打了一个哈哈，说："我正梦见一头牛在挤我，我往这边让，它往我身边挤。原来是你这头小牛犊子。"妈妈也不说曲娟胆子小。

第二天白天，妈妈总在考虑，怎样才能让曲娟快速入睡呢？她在网上找到了几个办法。晚上准备睡觉了，她让曲娟喝了杯牛奶，又告诉曲娟睡下来之后闭上眼睛，什么也不想，在心里数数。

曲娟还是睡不着，又爬到妈妈床上来了。

曲娟很沮丧，对妈妈说："我也知道一个人睡好处多，我们班上好多同学都是自己睡，他们说和大人睡不卫生，一个人睡一个房间，空气干净多了。我从来不敢告诉他们，我要和妈妈睡，怕他们嘲笑我。可是，我一个人就是睡不着。你那个数数的办法不管用，我数到几万，还是没有一点睡意。"

妈妈不理解，说："我怎么瞌睡这样大，上床就睡着了？"

曲娟说："你比我辛苦多了，又要工作，又要干家务，多累。"

曲娟的话提醒了妈妈。曲娟一天到晚坐在教室里，回到家里也不出去玩，活动是太少了，有必要给增加一些体

育锻炼活动。以前，总认为她体质差，贫血，动不动就晕倒，总是让她待在家里。这样下去不行，得让她参加锻炼。她能参加什么运动呢？打羽毛球，好像运动量有些大；打乒乓球，附近又没有乒乓球馆，自己买个乒乓球台，又没有地方放。想来想去，只有散步适合曲娟现在的状况，既不要场地，又不要器械，活动量也不大。

妈妈提议："以后每天晚饭后，你去散散步，好吗？"

曲娟只是问："我一个人去？"

妈妈说："本来你可以一个人去，但是，妈妈天天坐在办公室，也需要锻炼，我们一起去，好吗？"

曲娟欣然同意。

第二天吃了晚饭，妈妈让曲娟换上运动鞋，她们母女去了不远的湖山公园，她们围绕公园的运动场走了5圈，曲娟说她走不动了，她们才回来。

曲娟出了汗，妈妈让她洗了个热水澡，换上干净衣服。

晚上，还不到10点钟，曲娟作业还没有做完就开始打瞌睡。她坚持做完作业才睡。这次，她睡下去不到几分钟，就进入了梦乡。

妈妈见她睡着了，就替她关了灯，关上门。

这个晚上，曲娟睡得很香，动都没动。早上起来，她特别高兴，大声说："我现在能一个人睡啦！我要告诉爸爸，我现在一个人睡觉了。"她很有成就感，很想和爸爸分享她的进步，但爸爸不在身边，这让她有点遗憾。

妈妈担心散步使曲娟疲倦，对她的身体造成伤害，害怕顾此失彼，锻炼了她的胆子，却又摧残了她的身体。于是，妈妈打电话和王老师商量。

王老师说："散步属于体育锻炼，体育锻炼对少年儿童只有好处，没有坏处。只要不过劳，累一点没问题，让她好好睡一觉，就会恢复体力。"王老师让妈妈做个计划，刚开始的时候，每天只走三十分钟，以后慢慢增加时间，增加到一个小时。她还告诉妈妈好多注意事项：散步之前要喝点开水，鞋子要轻巧合脚……

王老师还给妈妈打气，说如果坚持下去，曲娟不但能一个人睡觉，而且身体会越来越好。

王老师的话让妈妈心里有数，知道该如何办了。

晚饭后，妈妈拿出她给曲娟新买的专门走路的运动鞋，要她换上去散步。

谁知曲娟坐着不动，直到看见妈妈急了才说："妈妈，今天不去散步好不好。我全身上下都痛，手臂痛，腿肚子痛，脚板也痛。我不想去。"

培养她的自信心

妈妈一想，这也是情理之中的事，一个孩子，从来不锻炼，老是坐在家里，现在突然要她走个把小时的路，小胳膊小腿不痛才是怪事。心里埋怨自己昨天操之过急，没有像王老师说的，第一天只能走三十分钟，慢慢地增加时间。

看见曲娟那疲惫不堪的样子，妈妈心痛，想打退堂鼓。但一想，不行，那会前功尽弃，曲娟又会像从前一样瘦弱，胆子比蚂蚁还小，整天哼哼唧唧，生活不能自理，越来越依靠大人，经不起风雨，没有进取心，无法融入社会。妈妈突然想到，这时候心软，放任她，其实是害了她，是对她不负责任。

妈妈做曲娟的思想工作说："那些拿奥运金牌的运动员，为了祖国的荣誉，一天苦练十几个小时，体操运动员年纪都很小，他们中有的人从小就参加训练，手被磨得皮开肉绽，用胶布包扎后又去练习。和他们相比，你这每天半小时的散步不算事。刚开始，肌肉是会有点酸痛，不要紧。现在就看你有没有决心，有没有毅力，敢不敢和自己作斗争。"

曲娟没有被妈妈鼓动得热血沸腾，动身就走，只默默地穿上鞋子，很不情愿地跟在妈妈后面。

妈妈决定今天只走三圈，让曲娟先适应一下，别像昨天一样，弄得她像个伤兵。

走第一个圈，可能她身体非常不舒服，一言不发，脸上没有一点笑容。妈妈逗她说话："娟娟，你看那个小朋友，可能只有五六岁，也和爷爷一起散步，走得还挺快的。"

曲娟没有回答妈妈，只是脚步加快了一点。

她们走得比较快，当他们超越一对老年人时，那个老爷爷在他们后面说："那个小女孩走路的姿势标准，你看她，挺胸、收腹、眼睛正视前方。不但动作健美，效果也好。"

曲娟听见他们在评价自己，忙低下头检查了一下自己的姿势，脸上开始露出笑容。

走到第3圈，妈妈问她："娟娟，还痛吗？"

"好多了，刚开始时，手脚好像被绳子绑住了一样僵硬，现在轻松一些了。"她又愿意和妈妈说话了。

"困难就是这样，欺软怕硬。你强它就弱，你弱它就强。你今天坚强，它就怕了你，投降了。"妈妈没有直接表扬她，委婉地称赞她。

曲娟很高兴，嘴角扯上去了。

走完三圈，妈妈准备回去。曲娟却说："干什么？昨天不是走了五圈吗？今天为什么只走三圈？"

培养她的自信心

"我怕你坚持不了。"妈妈说的是真心话,不料起到了激将法的作用。

"不,我能坚持。说老实话,刚来的时候,你如果要我走五圈,我还真不能保证会走完。现在不比刚才了,身上没有那样僵硬了,手脚也不痛了,心情也很好,我一定能走完五圈。"

妈妈心里暗暗感谢刚才那位老大爷,他的夸奖比家长一两个小时的说教功效还大,无意中帮曲娟增强了自信心。

那天晚上,曲娟又睡得很好,也不提出要开着灯、打开房门睡了。

从那以后,妈妈带着曲娟坚持天天晚饭后散步。

妈妈的一个同事和她聊天时,说健康专家推荐:散步是很好的运动,老少皆宜。

他的话让妈妈下决心要把这项运动坚持下去,不管是冬天还是夏天,不管是晴天还是雨天,为了曲娟的健康,她要把散步当成一件大事来抓。

不到两个月,曲娟的饭量增加了,早上,能喝一杯牛奶,吃一个鸡蛋,一片面包,或者一小碗面条。

看见曲娟吃面条时那狼吞虎咽、连一点汤都不剩的样子,妈妈说不出心里有多高兴,不禁想起几个月前,她挑三拣四、吃饭像吃药一样的样子，笑出了声。

电话里妈妈告诉爸爸，曲娟现在能吃能睡，身体越来越好了。妈妈自豪地说："等你回来就会看见曲娟像其他孩子一样健康。"

爸爸连声向妈妈道谢，说她辛苦了。

7 她要参加英语比赛

曲娟的妈妈打电话给王老师,报告一个好消息,说现在曲娟晚上一个人睡在房间里不害怕了。平时做事也不总是依靠她,自己能处理的事,就自己处理,自主意识强多了。过去,穿哪双鞋子她都要问妈妈,妈妈不定下来,她就拿不定主意,左右为难。现在早上起来,她自己整理书包,收拾东西,吃完早饭,也不要妈妈送,自己去学校。一切按自己的意志去做,不再事事依赖家长。

王老师又嘱咐曲娟妈妈,对曲娟不能操之过急,要慢慢来,心急吃不了热豆腐。

王老师坐在那儿也回想了一下曲娟近来的表现。

曲娟在班上越来越活跃了,同学们再也看不见下课时她一个人孤零零地坐在座位上了。她上课有时也踊跃发言,和同学们相处得很好。

曲娟的身体好像也比从前结实了一些，好几个月都没有出现晕倒的事情了，脸色不那样苍白了。王老师站在讲台上，并不觉得她和其他孩子有什么区别，孩子们也不把她当成病号，什么事情对她一视同仁，不特别照顾她，因为他们心目中的曲娟是正常孩子。

让王老师很是欣慰的同时，她也提醒自己，这个孩子敏感，特别脆弱，还要多磨砺，将来才能经得住风浪，碰到困难才不会退缩。

这天语文考试，曲娟交了卷出来，王老师坐在门口，和她轻声聊起来。

"考得好不好？"王老师问。

"反正我会做的全做了，错没错不知道。"她的回答实在，也无懈可击，像大人说话一样，四平八稳。要是别的孩子．不是简单地说"考得好"，就是说"考得不好"。

"数学老师说我们班这段时间课堂上很活跃，同学们都积极发言，说你也发过几次言。"其实，数学老师说，曲娟从来不举手上台演算，这是因为怕上台算错了招同学嘲笑。

"我很少举手，只要我举手，老师总是叫我。"曲娟说。

"你觉得上数学课你最害怕什么？"王老师问。

她要参加英语比赛

"最怕老师叫我上讲台演算习题。"曲娟坦白地说。

"你用不着害怕。其他同学和你一样，也是第一次做这样的习题。无论哪个人都是学而知之，没有人生下来就会做习题。你说是吗？"王老师说。

曲娟想了想，抿着嘴巴笑了，她想象要是还在吃奶的孩子会做算术题，那才有趣。

"你会做这道习题，为什么不上台去告诉同学们你会做呢？也许还有一些同学不会做，正想看看你是怎么做的。"王老师继续说。

曲娟对王老师的这种说法很赞同，但她没说。

"我小时候最喜欢上台演算习题。老师检查后，说我做得正确，我面对全班同学，非常有成就感，站在那里很享受的，舍不得下来。下次，你去体验一下。"王老师提议。

曲娟还有点犹豫。王老师又说："就是错了也不要紧，你就这样想：我是来学习的，如果生下来什么都知道，就不来读书了。平时，不也有同学做错吗，你回想一下，假如这个同学做错了，下了课有人去讥笑他吗？没有吧，做错了也是正常现象。重要的是我们得到了锻炼，这样的机会大家都在争取。"

过了两天，曲娟特意跑到办公室来告诉王老师，她今天上讲台演算习题了。老师表扬她不但答案正确，步骤没错，而且板书特别工整，看着让人舒服。

她最后说："当时我的脸发热，我不是胆小，是兴奋。"她总怕别人误以为她胆小。

王老师看着她离开的背影，非常快乐，觉得当老师真幸福，天天生活在快乐之中。

这次，学校外语教研组准备搞外语口语比赛，因为学生不大爱读外语单词，想通过这次活动带动学生形成自觉默背英语单词的习惯。比赛规定每个班派四个学生代表参赛。

王老师在班上一宣布这个消息，教室里顿时闹腾起来，几乎人人都想当代表。王老师用手向下压了压，让学生们安静下来后说："我们要派出单词记得最熟的同学当代表，还有一个月时间，大家可以做准备。到时候，我们通过考试，通过投票来决定谁去参赛。"

比赛只是一种手段，提高学生的学习兴趣才是目的。

早自习时间，几乎人人都捧着英语书，摇头晃脑地读英语单词。

这天晨读是王老师值班，她在教室里走了一圈，发现曲娟也在读外语单词，王老师喜出望外，曲娟也准备去参赛，可见她确实对自己有信心了。

王老师走到她的身边，轻轻地问她："你打算报名吗？"

"我能行吗？"曲娟倒反问王老师，好像还没有打定主意，希望别人能帮她拿主意。

"我怎么知道。有多大的把握只有你自己知道。"王老师不想帮她出主意，又怕挫伤了她的积极性，补上一句，"有志者，事竟成。"

曲娟听了后，没有说话，埋下头又去读单词。

三周后，班里举行了英语考试，选拔去参赛的代表。

考试结果令人欣喜，全班 50 个学生，得 100 分的有 30 个。外语老师说："比赛还没有开始，这里就战果辉煌，提前达到了我们想要的效果。"

老师接着让这 30 个学生报名，从中选拔 4 个人代表班级参赛。

没报名之前，王老师向大家说明了参赛的必备条件，除了这次考试成绩优秀之外，自己要对自己有个评估，一是口语发音要标准，读音准确。二是心理素质要好，不会比赛时怯场，影响发挥。

王老师说完之后，几个女同学放下了举起来的手。

王老师马上想到，这是不是对胆小学生的歧视？要鼓励他们敢于挑战自己，丢掉胆怯的枷锁。

王老师又补充说："这次比赛也是一次极好的锻炼机会，那些平时不喜欢和生人说话，在陌生场所感到拘谨的同学，也可以争取参加，利用这次机会，战胜自我。"

又有几个女同学举起手来。

王老师统计了一下，共有12个同学愿意参加比赛。矛盾来了，比赛只需要4个人参加，怎么决定谁参加比赛呢？王老师充分发挥民主，征求同学们的意见。

同学们纷纷发表自己的看法，最后，大家一致同意第二天英语课，这12个同学进行模拟比赛，全班同学做评委，投票决定谁代表班级去参加比赛。

第二天的英语课，王老师也抽时间去旁听。

事先，英语老师做了好多卡片，有英语单词，也有汉语词汇。每个参加竞选的同学从中间抽出三张卡片，读卡片上的词。然后，全班同学举手计分，得票最多的4个人参赛。

别看这只是一场班级模拟比赛，对于学生来说也是一次挑战，参加模拟比赛的同学通过比赛把自己展示在众人眼前。

平时学习认真的同学规规矩矩走上台，很谨慎地从那

她要参加英语比赛

堆卡片中抽出3张,面向全班同学大声读出来。走下讲台时,还不忘记给老师鞠躬,给全班同学鞠躬。

戴刚同学平时比较顽皮,嘻嘻哈哈。他满脸是笑地走上台,从最下面抽了3张卡片,他读完之后,对大家说"请大家支持我",说完还做了个鬼脸,引得哄堂大笑。结果他的票数居然是全票,孩子们学习紧张,喜欢有人搞笑,让他们轻松一把,戴刚这样做,给他们带来了快乐,同学们不但不反感,反而喜欢他。当然,前提是戴刚发音正确,声音洪亮。

轮到曲娟上台了,她的表情告诉别人,她很紧张。有几个女同学在台下喊:"曲娟,加油!"

曲娟没有回头,也许她紧张得没有听见,也许她听见了,不敢回头。

她去抽卡片,抽出来的卡片却掉在地上。她低下头去捡,头又撞到讲台上。本来有同学发出哄笑,但马上戛然而止,他们可能想到曲娟胆小,笑声会影响她的发挥。

曲娟把3张卡片一张张亮给全班同学看,然后读给同学们听。这时有同学提意见:"听不见,大声一点!"

王老师坐在教室的最后一排,确实只看见曲娟的嘴巴在动,听不见她的声音。

英语老师走了过去，说："曲娟，再大声读一遍。"

曲娟又读了一遍，声音比第一遍大了一点，也还是听不清楚。

这时有人发牢骚提意见了："这样的人怎么能代表我们班参加比赛，别丢我们班的脸。"

这些话曲娟可能听到了，脸"怦"的一下红了，绽出了汗珠。她站在那儿不知所措。

英语老师对她说："你回自己的座位上去吧。"

曲娟这才含着眼泪走下讲台。

英语老师让大家举手投票，全班只有几女同学给曲娟投了赞成票。她们投的是同情票，心里可能也认为曲娟不合适去参赛。

选拔活动结束了，选出了4位参赛的同学。

王老师担心这次活动会伤害那些没有选上的同学，挫伤他们的学习积极性，就没有离开教室，和那几个落选的学生聊天。

"唐凯，没选上有什么看法？"王老师问一个同学。

"能有什么看法，自己不如其他同学，继续努力吧！"唐凯回答得阳光、通情达理。

王老师想：我又小看他们了。他们胸怀坦荡，性格开朗，明事理，看待问题能一分为二，不钻牛角尖。选上了他们高兴，没选上，他们认为很正常，反正只要4个人，不能人人都选上，不会闹情绪，跟自己过不去。

王老师以为天下太平，正准备离开教室去办公室，一回头看见曲娟伏在座位上，肩膀在耸动，可能是在偷偷哭泣。

王老师马上想道：曲娟不像唐凯他们，她敏感、较真。过去，不管是老师还是家长，因为照顾她，对她百依百顺。她也从来没有参加过竞争。她这次是鼓足了十二分的勇气，下了好大的决心，抱着一定会成功的信心来竞争的。被淘汰对她来说还真是一道坎，她刚找回来的一点自信，说不定又会让这次落选给冲走了。我得找她谈谈，开导她，让她正确对待挫折。

王老师没有马上去找曲娟，她不想引起其他同学的注意，增加曲娟的心理负担。

放学时，王老师悄悄留下曲娟。

王老师问她："你看今天这种选拔参赛的办法好不好？"

她不说话，低下头，手在身上擦来擦去。

王老师见这个话题可能是她的心结，就改变话题："你想过没有，我们要选什么样的人去参赛？"

"当然要选英语成绩好的，其他班肯定也是让成绩最好的同学参赛。"曲娟终于说话了，她的英语考试成绩是满分。

"所以我们班举行了考试，只有满分的才能报名参赛。"王老师说。

"我得了100分。"曲娟轻轻地说，她的意思很明确，她有资格参赛。

"学校比赛的形式和我们班上的模拟比赛一样，主要是看谁读得正确，发音准。"王老师继续把事情剖析开来说给她听，"参赛的人读单词的声音必须让大家听见，人家听都听不见，怎么评判你读得准不准。你说对吗？"

"我的声音很大，我用了好大力气读的。"原来曲娟以为自己的声音大，是同学们故意找她的麻烦，不让她参赛。

王老师找到了曲娟思想病的根子，这就好办了，问曲娟："你相信我吗？"

"相信。"曲娟回答。

"那老师就要说句公道话了。"王老师说，"刚才，我就坐在后面，我那样认真都没有听清楚你读了些什么单词。"

"真的吗？"她似乎不相信。

"因为你紧张，嗓子发干，声音就特别小，你自己不觉得，以为声音大，可同学们听不见，当然不选择你了，他们也是为了班级好，怕你嗓门小，比赛时评委听不见。"王老师怕她失去信心，补充说，"其实，只要你经常练习发言，消除紧张心理，嗓门自然就会变大。"

曲娟还在深思，还在琢磨王老师的话。过了一会儿，大概想通了，终于肯抬起头看王老师了。

王老师和曲娟的谈话非常及时，王老师没有讲大篇的道理，只是帮她梳理思路，纠正她偏离了正道的情绪。指出是曲娟的嗓门太小，没有条件参加比赛。让曲娟认识到是自己条件不行，不是同学们为难她。事情搞清楚了，曲娟的心情自然就好起来。

王老师给她打气，"比赛还会有机会的，想参加，现在就要在课堂上多发言，上讲台做习题，做到不胆怯，坦然自若。我相信你会做得好，因为你比以前勇敢多了，你会越来越勇敢的。"

曲娟虽然没有完全放下思想包袱，但从她的神色上看，她基本上没有怨气了，离开办公室时，紧紧抿着嘴唇，也许，她攒足劲要参加下次的比赛。

第二天，曲娟把自己的点读机借给了一个参赛的女同学，还嘱咐她平时少玩一点，多跟着点读机读单词，争取比赛拿到第一名。

这又是王老师没有想到的，她才体会到孩子们的集体荣誉感这样强，而且有这样的胸怀。王老师觉得自己作为一个老师，太不了解自己的学生了。他们真的太可爱了。

英语比赛那天，王老师坐在自己班级的后面，只要站起来，对班上的情况就能一目了然。开赛前，大家都很轻松，说说笑笑，打打闹闹，整个礼堂闹哄哄的。4个参赛的同学还在抓分抢秒背单词。

当校长走上舞台宣布比赛开始，同学们马上安静下来。偌大一个礼堂，那么多人，竟然没有一点声音，参赛者的声音让每个同学都听得清清楚楚。

当班上的4个选手出现在台上时，孩子们聚精会神地听着，有的双手握拳，有的咬紧牙齿，样子非常紧张，在给他们鼓劲。

当评委亮分时，五年级三班集体发出叹息声，因为，这分数显示他们班进入不了决赛了。

回到教室里，大部分学生情绪正常，胜败不影响他们的心情，他们照常做自己该做的事，开玩笑，打打这个，逗逗那个。也有小部分学生愤愤不平，发牢骚，说气话："我们这次选择错了人""真没劲，连决赛都没进"。

曲娟也一副打不起精神的样子，懒洋洋的，像霜打的茄子，蔫了。

还有同学跑到选手面前，让他们道歉，说他们对不起全班同学，弄得一个女同学哭了起来。

现在的孩子，是家里的"小皇帝"，平时都有爷爷奶奶爸爸妈妈宠爱着，他们的成长条件优越，哪里遇到过困难，哪里受过挫折？

王老师看到这种情况，准备趁这次比赛失利的机会，对学生进行一次如何对待挫折的教育，培养学生的抗挫折心理。

按学校安排，比赛结束就可以放学了，王老师却宣布接着开班会。

"我请同学们先想一想，然后再回答我一个问题：人的一生能够一帆风顺吗？"王老师为了让学生定下心来思考，把语速放慢，声音压低。

教室里鸦雀无声，说明大家都在思考。

戴刚首先举手发言："我爷爷说过，前进的道路上不会总是铺满鲜花，不会总是洒满阳光，它会有风雨，有坎坷。"

"你爷爷说得太好了！同学们谁能理解，戴刚爷爷话里面说的风雨、坎坷是什么意思？"王老师又问。

"是困难。"

"是挫折。"

同学们在底下七嘴八舌地说。

"我们应该怎样对待困难和挫折？"王老师因势利导。

同学们纷纷提出自己的看法，有的说要面对现实，正视困难；有的说要想办法克服困难；有的说要端正态度，蔑视困难。

王老师觉得他们的思维方向是正确的，就联系到今天比赛这件事上，问大家："我们今天没有进入决赛，是不是挫折？"

这下像是滚烫的油锅里滴了一滴冷水，炸开了，大家都想让别人听自己发表看法，拼命提高嗓门，教室里乱成一团。

过了一会儿，王老师摆手让大家安静下来，说："我知道现在大家的意见基本上统一了，都认为这是一次失败，失败就是挫折。我们继续讨论应该怎样对待挫折。"

同学们纷纷举手要谈自己的看法，王老师感觉到同学们已经知道如何正确对待这次失败了。这次班会让英语比赛的效果达到最佳状态。

她要参加英语比赛

　　王老师见已经到了放学时间，就说："每个人把自己要说的话写在一张小纸条上，交了纸条就放学。"

　　王老师站在教室门口收纸条。有的同学洋洋洒洒写了半张纸，说得很详细，写了自己准备如何对待困难，克服困难的决心。有的只写了一句话，"我把困难踩在脚底下"，形象地表达了他克服困难的信心。有的学生写到"百折不挠，勇往直前"，显示了他面对困难和挫折的坚强意志。有的只写了"百炼成钢"四个字，含意深刻。

　　王老师特别注意曲娟的纸条，她在上面写着"失败是成功之母"，表达了她对挫折的看法，对未来的希望。

　　英语比赛之后，五年级三班的学习风气更好了，班集体更加团结了。

　　王老师决定在班上搞一次晚会形式的班会，安排曲娟和周浩当主持人。事先，王老师找周浩谈话，让他机灵一点，当曲娟怯场时，他必须随机应变马上顶上去，不能造成冷场。

　　刚开始时，曲娟非常紧张，说话的声音都有点颤抖，声音也小，好在同学们都知道曲娟胆小，没有指责她，也没有起哄。慢慢地，她说话不颤抖了，声音渐渐大了起来。

　　班会结束，曲娟问王老师："我今天没有辜负您的希望吧？"

王老师知道，她是在讨表扬，就说："你今天主持得很好，普通话标准，也没出错。"

"我知道，我声音不够大，后排的同学听不清楚。我会继续努力的。"曲娟主动说出自己的不足。她考虑问题像大人，比较全面。

"将来学校举行什么活动，我推荐你去当主持人。"王老师鼓励她。

曲娟脸上表现出少有的兴奋。

8 妈妈要出差

自从因为曲娟声音不洪亮，同学们都不举手推荐她代表班级参赛之后，曲娟总在想一个问题：我说话的声音真的那样小吗？难道我大声说，别人还听不见吗？晚上，她一个人在家做作业时，经常说话给自己听，她觉得自己的声音够大了，怎么别人就听不清楚呢？于是，她想听听自己的声音。

那天，曲娟终于想出了一个办法。她向妈妈借手机，又让妈妈告诉她录音点击哪儿，回放点击哪儿。

晚饭后，曲娟回到自己的房间准备做试验，妈妈说："娟娟，刚吃完饭，不要马上学习，我们散步去吧。"

天天散步已经成为曲娟和妈妈雷打不动的锻炼项目，曲娟没有理由不去，只好换上鞋子，和妈妈去散步。

散步回来洗澡，又耽误了好一阵时间。一切都妥当了，曲娟才回到房间。

她关上门，关上窗户，拉上窗帘，这样房间里没有杂音。

她把手机调到录音功能，对着手机朗读了一段课文。

读完之后，她迫不及待地点开回放按钮，听自己的声音到底是什么样子。

手机里传出一个微弱的声音，好像声音还停留在这个人的嗓子里面，没有吐出来，含含糊糊，不知所云。

这难道是我的声音？曲娟惊呆了，简直不相信。曲娟突然明白过来：那天的声音肯定就是这个样子，像只蚊子叫，难怪同学们不同意自己去比赛，如果让自己去了，想起来都后怕。她觉得内疚，幸亏王老师提醒了她。

曲娟是个聪明孩子，她知道哪方面不行，就朝哪个方面努力。她知道自己嗓音小，就千方百计想办法让自己声音变大，她天天在家一边做事一边唱歌，上课也争取机会发言。

为了让声音变大，曲娟下课就和同学聊天。她发现聊天不但能让自己的嗓子得到锻炼，还有一些想不到的好处。比如，她本来认为这件事应该这样做，把自己的想法告诉要好的同学，大家指出，这样做是错误的，她从中就学到了知识。要是她不和大家说，别人不知道他的想法，不帮她指出来，她就会一直错下去。这样一石二鸟，又练了嗓子，又和同学交流了看法。

曲娟收作业本时，发现有的同学作业做错了，她也乐意给他们指出来，告诉他们正确的做法。

曲娟和同学们的关系越来越融洽。

曲娟每天都快乐，她觉得自己的班级像个大家庭。她在电话里告诉爸爸："你放心工作吧。我现在有两个家。一个是小家，只有我和妈妈两个人。一个是大家，是我们的班级，我们的同学像兄弟姐妹，我们的老师像爸爸妈妈。"

万里之外的爸爸舒心地笑了，说："只要你感到幸福，爸爸就快乐，工作起来更有劲头。"

那天晚上，曲娟正在做作业，妈妈敲门进来，说要和她说一件事。

妈妈侃侃而谈，说："娟娟，这段时间你进步很快，妈妈很高兴。你比从前勇敢了，学习自觉了，连身体都健康多了。"

曲娟知道妈妈要说的不是这些，这是铺垫，不耐烦了，说："妈妈，你怎么这样啰唆，说这些干什么？老是说好话，人家也会腻的。"

妈妈见她不耐烦，马上说："今天，我是有件事要和你商量，你认为怎么好我们就怎么办，千万不要背包袱。"

原来妈妈工作的公司是个跨国公司，总公司在国外。以前中国公司财务上用的是国内的一套记账方法，现在为了便于管理，决定采用国际记账方法。总部准备办一个学习班，让各分公司的财务人员去学习。

妈妈开始说得有点严重，曲娟很紧张。但听妈妈说是要去学习，马上放心了，心想：去学习国际记账法是好事，这与我有什么关系？

她有点心不在焉，想后天又是星期五了，这个双休日干点什么。

接下来妈妈的话让曲娟不得不认真听了，妈妈说："这个学习班办在上海。"

曲娟马上急了："什么，你要去上海学习？去多久？"

"时间不长，一个星期。"妈妈说。

"那我怎么办？"曲娟问妈妈。

"我这不是正在和你商量嘛。"妈妈安慰曲娟说，"不安排好你，我是不会走的。"接着妈妈说了几个方案，让曲娟选择。

第一个方案是曲娟到外婆家去住一个星期。这个方案不需要讨论，就被曲娟一口否决了。外婆家，这是曲娟想去的地方，不过，只能寒暑假去，现在去，学习怎么办？难道不上学？

第二个方案是曲娟请一个星期的假，和妈妈一起去上海。

曲娟心里倒是想和妈妈一起去上海，去看看这个国际大城市到底什么样子。可是妈妈想了想，不同意，说："你和我去上海，除了耽误学习之外，还不安全。我每天要去学习，不能陪你。你去了干什么？天天关在酒店里，太没意思。让你一个人到外边去逛也不行，你人生地不熟，出门找不到方向，不认识路，那太危险了。"这个方案也被否决。

第三个方案是让曲娟一个人在家待一个星期。

妈妈说："你现在生活能够自理，晚上能够一个人睡。我给你准备好六天的早餐，你喝牛奶，吃面包。午餐在学校食堂吃，晚餐就在我们下面的小饭店吃。"

曲娟在心里反抗：你说得那样轻松，让我一个人在家，我会害怕的。我不同意这个方案。

妈妈也学会了做思想工作，她说："你那天不是在电视上看到，一个 7 岁的小男孩，妈妈出去打工去了，爸爸瘫痪在床，他每天放学回来，要做饭给爸爸吃，给爸爸洗脸，洗脚，你当时还夸他了不起。你比他要大几岁，又不要你去照顾别人，只要你照顾自己。"

妈妈这样说让曲娟生气了。大人总爱拿自己的孩子和别人家的比，好像别人家的孩子都好，就只有自己家的孩子不能干，这样无形中伤害了曲娟的自尊心。妈妈这样说，好像自己成了妈妈的累赘，拖了妈妈的后腿。她赌气地说："他是他，我是我。他的爸爸生病了，可他的爸爸在家呀，没有在国外呀。"

曲娟越想越气，把妈妈推出门去，说："去去去，你爱上哪儿上哪儿。"

这天晚上曲娟好久好久都睡不着，瞪着眼睛看着天花板。她想起了爸爸，要是爸爸不出国，妈妈要去上海，他一定会请假回家。曲娟哭了，哭着哭着睡着了。

第二天早上，曲娟很迟才起来。妈妈帮她整理房间，收拾衣服鞋子。

曲娟不理妈妈，心里憋着火：你不是觉得别人家孩子好吗，你去找别人家的孩子吧。

这一天，曲娟怎么都高兴不起来，脑袋里老是装着妈妈要去上海学习，自己怎么办这件事，连数学老师提问，叫她起来回答都没听见。

曲娟不怪自己没集中精力学习，倒怪数学老师，埋怨老师坏，平时自己举手要求回答问题，他不一定会叫自己，这次因为分心，没听见他说什么，他就偏偏叫自己，让自己难堪。

数学老师下课后告诉王老师，说曲娟情绪不好，可能有什么事，提醒王老师注意。

放学时，王老师留下了曲娟。

曲娟不比从前了，她才不怕呢。心里嘀咕：我又没犯什么错误，只不过上课想别的事去了，又没有影响其他同学，大不了我自己没听懂，吃点亏。

曲娟想错了，她还没进办公室，就看见妈妈坐在里面。原来妈妈到王老师这儿求救来了。

老师们陆续离开了办公室，只剩下曲娟、妈妈和王老师三个人坐在那儿。

王老师先说话："曲娟，好消息，你妈妈要去上海学习了。学习回来就会升职，当财务总监了。还不快向妈妈祝贺！你看你妈妈多棒！"

前一天晚上，妈妈只和曲娟说了去学习的事，没有说会当财务总监的事，可能还没来得及说，曲娟就生气走了。

"你妈妈也真不容易，你爸爸在国外，她一个人要上班，还要照顾你。"王老师感慨地说。

妈妈马上抢着说："这中间也有娟娟的一份功劳。这段时间，她很少要我操心，自己的事自己做，让我能一心一意工作。"

王老师也说："是的。曲娟要是还像从前一样，老黏着你，像婴儿一样要人围着她转，那你就不能这样专心工作了。工作不出色，公司就不会提拔你。这中间还真的有曲娟的功劳。"接着，她又说，"曲娟在学校里也表现不错，她这个小组长当得挺称职的，如果学习成绩再好一点，说不定下个学期同学们会选她当学习委员。"

她们两人一唱一和在那里表扬曲娟，为曲娟摆功，弄得曲娟涨红了脸。她才不傻呢，知道她们这样不吝啬赞美之辞是有目的的，不过心里还是乐滋滋的，像喝了蜜一样甜。

曲娟正低着头在那里享受这份甜蜜，妈妈话题一转，说："上海可能去不成了，职也升不了，只好让给别人了。"

王老师说："再想想办法吧。"

妈妈说："我想让娟娟的外婆来陪娟娟几天。我今天打电话过去，她外婆病了，就是没病，她也来不了。我弟弟的爱人上班了，我妈要帮他们带孩子。"

"你没找过家政公司？"王老师帮妈妈出主意。

"去找了，人家说时间太短了，没人肯干。再说，一个不知根知底的外人到我家里来，我也不放心。"妈妈现出一副无可奈何的神情，"我只好放弃这次机会了。"

王老师思考了一会儿说："别放弃，机会难得。要不这样，反正曲娟生活能够自理，生活上不要别人操心。这七天我来陪伴她，放学后，我送她回家，睡在你们家，第二天带她一起来学校。"

"如果能这样那就太好了。"妈妈喜出望外，她想了一下，又问，"你家里没事吗？你要是抽身不动，就不麻烦你，我再去找别人。"

"我们还没有孩子，家务事也不多。我回家做做爱人的工作，他会支持我的。再说，这样，我可以零距离地了解学生回家后的课余时间都干了些什么，知道他们的生活习惯，他们的兴趣爱好，这对我当好班主任有帮助。曲娟，你愿意老师晚上住到你家来吗？"王老师问曲娟。

曲娟有什么理由说不行呢，这可是她求之不得的好事，平时，有事找王老师，她不是上课，就是要备课批作业，没时间和她聊天。这几天晚上，自己有什么事要问王老师，可以问个够，没人打扰，这倒是件很惬意的事。

妈妈拿出一些钱给王老师做这几天的伙食费。

王老师对曲娟说："曲娟，你妈妈不在家的这几天，你当家好不好？"

曲娟很有兴趣，接下了妈妈给的钱，放进文具盒里，摇头晃脑地说："我管钱了，我是当家人了。"

王老师和妈妈都笑了。

那天，妈妈真的要走了，临走前，她拿出一个手机，放在桌子上，说："我今天上午的飞机去上海，要在那里学习六天。每天傍晚，我会打电话回来的。手机放在家里，不要带到学校里去，你要是有事，回家可以给我打电话。"

曲娟什么也没说，虽然只分开几天，她心里也恋恋不舍，她没和妈妈道别，看也不看妈妈，上学去了。

上午，一节课接着一节课，下了课和同学们嬉闹，没时间想别的事，曲娟忘记了妈妈去上海这件事。放学了，曲娟背上书包，准备回家。

王老师来了，说："曲娟，我们去食堂吃午饭吧。"

曲娟这才记起妈妈不在家，她得去食堂吃午饭。她放下书包，跟随王老师来到食堂。

曲娟从上学那天起，就天天在家吃午饭，从来没有进过学校食堂，她这是第一次进食堂。曲娟还真不知道，那些住得离学校远的同学都在食堂吃午饭。中午来食堂吃饭的人很多，熙熙攘攘，挺好玩的。食堂里有几张不宽但很长的餐桌，两边有固定椅子，像条巨大的多脚虫。老师同学排队买饭买菜，然后坐在餐桌旁边吃，愿意坐哪儿就坐哪儿。

老师和学生买饭菜是不同的窗口，曲娟到学生窗口排队，她的前面是个女同学，这个女同学买了3两饭，1份豆腐，1份青菜。曲娟照这个女同学的样，也买了3两饭，1份鱼，1份豆腐。她端着组合餐盘坐到"多脚虫"的一条脚上。一切都很新鲜，让曲娟感到有趣。

曲娟开始吃饭，才发现3两饭这样多，肯定吃不完。她坐在那里发愣，不知道该怎么办，没有动筷子。这时王老师来了，见曲娟买了这么多饭，说："你能吃这么多饭？"

曲娟告诉她，第一次买饭，没经验，买多了。

王老师说："以后吃多少买多少，不能浪费。粒粒皆辛苦，浪费粮食可耻。你吃多少留多少，剩下的给我，我帮你处理掉。"

王老师又说："你怎么不买青菜。"

曲娟告诉她："我不爱吃青菜，只爱吃鱼和肉。"

王老师恍然大悟，说"你太挑食了。要什么都吃，营养才均衡，身体才会好"，说着从自己的餐盘里夹了不少青菜给曲娟，说"其实青菜好吃，你吃习惯了，没有青菜吃你还不舒服"，说完又补充，"我还没有开始吃，筷子干净。"

曲娟本来不爱吃青菜，王老师已经夹到她的餐盘里了，不吃不行。

曲娟看了看周围，大厅里坐满了人，大家都在吃饭，有的人好像特别饿，大口大口地吞咽，吃得挺香，勾起了她的食欲，她也大口吃起来。曲娟发现，在食堂吃饭比在家里吃饭有味，就连青菜也特别好吃。她决定，以后妈妈回来了，她还到食堂吃午饭。

下午，曲娟一想到傍晚回家妈妈不在就闷闷不乐，提不起精神。

下午放学，曲娟走出教室就看到正在等她的王老师。

王老师带着曲娟直接去曲娟家楼下的饭店吃晚饭。

妈妈走之前可能和这个饭店的人说好了。王老师和曲娟一进去，马上就有人过来打招呼。

王老师征求了曲娟的意见帮她订了一份鱼汁煲仔饭，给自己订了一份鱼片粥。

吃完饭，曲娟去前台付款。王老师说："曲娟，咱们AA制。"

曲娟问王老师："什么叫AA制？"

王老师解释给她听："AA制就是在共同消费结账时，各自负担自己的费用。说白了，就是各出各的钱。你出你那份鱼汁煲仔饭的钱，我出我那份鱼片粥的钱。"

曲娟心想：老听见大人说AA制，原来是这样一回事，今天又学到了一个新知识。

回到家里，王老师问曲娟："你们以前这时候在干什么？"

曲娟告诉王老师，平时吃了晚饭，妈妈会带她去对面的公园锻炼，有时散步，有时打羽毛球。

王老师高兴地说："真的，好久不打羽毛球了，你今天陪我练习练习？"

在公园里，一些熟人向曲娟打听："曲娟，你妈妈怎么没来？这是你阿姨吗？"

曲娟只是笑笑，没有解释，算是默认王老师是自己的阿姨。这也给了曲娟一份幸福感，她真的希望王老师是自己的阿姨，那该多好。

王老师打羽毛球的技术水平不赖，让曲娟招架不住，根本就没有还手之力。后来，王老师就当曲娟的教练，专门发球给曲娟扣，时不时还纠正曲娟的动作，告诉她脚要怎样移动，扣的时候怎样起跳才有力。

曲娟感到和王老师打羽毛球自己提高了水平。

她们出了一身汗，回家洗了澡，曲娟准备做作业，王老师备课，到妈妈住的房间里去了。

曲娟打开房门，房子里空荡荡的，她突然想起了妈妈，走进房间放下书包，没有开灯，坐在那里发呆。

不知过了多久，曲娟打开电灯，开始做作业。这时她怎么也集中不了思想，一会儿想：妈妈现在在干什么？她应该只有白天学习，晚上可能和朋友在逛街。上海好玩吗？肯定比我们这儿大多了。一会儿想：爸爸那儿是白天吗？他知道妈妈学习去了，现在是王老师在陪我吗？

这样胡思乱想了好一会儿，她才发现自己没写一个字，作业还没动手做。

她突然想给妈妈打电话，正好手机响了。接通电话，手机里传来妈妈的声音："娟娟，你好吗？"

妈妈不问，曲娟还没哭，妈妈这么一问，曲娟"哇"的一声哭出来了。

妈妈很着急，连连问："娟娟，你怎么啦？王老师没有来吗？你害怕吗？"

曲娟哭了一会儿，觉得心里好过一些，就不哭了。告诉妈妈："王老师来了，在另外的房间里备课。我不害怕，我是想你。"

妈妈松了一口气，说："吓了我一跳，我以为王老师没有来，你害怕了。我不就离开几天吗？"

妈妈又问她在学校食堂吃午饭是不是习惯。

说起学校食堂，曲娟高兴起来，告诉妈妈她喜欢在食堂吃饭，还说王老师让她吃青菜，她也吃了，而且不觉得难吃。她还告诉妈妈，她现在知道什么叫AA制了，AA制就是消费时各人出各人的钱。

妈妈非常高兴，她告诉曲娟，她学习很紧张，白天学习的知识，怕回家忘记了，晚上就在宾馆里复习，没有和其他人一起去逛街。只要学习班结束，她一刻也不停留，马上回来。

不知为什么，曲娟听说妈妈这样用功，很受感动。假如妈妈是在逛街，曲娟可能心里不好受一些。曲娟又觉得，自己应该去做作业了，不然对不起妈妈和王老师，就说："今天就说到这里吧，明天记得给我打电话。"

妈妈听曲娟说要去做作业，就表扬她说："你现在能够当家作主了，是我们家的大人了。"

放下电话，曲娟定下心来做作业。一进入学习状态，曲娟就什么都忘记了，忘记了这是晚上，忘记了妈妈不在家，是王老师在陪自己。

晚上，王老师睡在妈妈的床上，王老师让曲娟先睡，说她还要看一会儿书。

因为想妈妈，曲娟怎么也睡不着。她偷偷爬起来，去看王老师在干什么，王老师没有关门，伏在桌子上，看一本什么书，时不时还抄下一些什么。

曲娟回到自己的床上，然后开始在心里数数。不知数到多少，她终于睡着了。

醒来时已经到了六点多钟，曲娟洗漱后，整理好书包，喝了一杯牛奶，吃了面包，就和王老师一起去学校了。

路上，曲娟对自己说：妈妈只去六天，已经过了一天，还剩下五天。没关系，我会顺利度过这五天的。

她又给自己打气，昨天不是很快乐吗，也没出什么大事。

第二天、第三天像第一天一样，平平安安地过去了，让曲娟感到时间过得很快，六天已经过去一半了。还有三天妈妈就回来了。三天后，王老师就不住在她家了。平时，自己好像有好多问题要问王老师，现在王老师就在自己身边，却想不起要问她什么了。

第四天放学的时间，曲娟走出教室就用眼睛去搜索王老师。可是，到处不见王老师的身影。

曲娟等了一会儿，学校里的学生都走了，只有办公室还有老师在加班。

曲娟想：王老师可能有事忙去了，我先回家吧。

她自己到楼下饭店吃了饭，然后回到家里。

因为没人陪曲娟去散步，她就打开电视，调到音乐频道，随着电视里的音乐跳舞，跳到天快黑了，浑身是汗，这才去洗澡。

洗完澡，她接到了妈妈的电话。妈妈说她很忙，没说几句就放下了电话。因为有王老师，她对曲娟很放心。

王老师还没有来，曲娟有一点点害怕，把家里的灯全打开了，连厕所、厨房的电灯都打开了。

曲娟顺便看了一下墙上的电子钟，时间才到七点多，王老师什么时候才会来？曲娟想：我去做作业，王老师来了，见我在做作业，一定会表扬我。

她正准备做作业，好像听到有人敲门，以为是王老师来了，就起身准备迎接王老师。

曲娟先关了不用的电灯，她不想让王老师知道自己害怕，因为，王老师在班上表扬过曲娟几次了，说曲娟进步快，现在很勇敢。如果现在家里的灯全打开，同学们会说，勇敢的人还害怕黑暗，晚上要把家里的电灯都打开？

她还是没有马上开门，因为妈妈交代过，一个人在家，不能随便开门。站在门口问："是王老师吗？"外面没人回答她。

曲娟又大声问了一句："是王老师吗？"还是没人回答。曲娟突然害怕起来，觉得身上的汗毛都竖起来了，心跳加快。

突然，手机响了，曲娟想：妈妈刚才不是给我打过电话吗，怎么又来电话了。

这个电话是王老师打来的，她很着急，说她现在在医院里，快放学的时候，她的父亲突然高血压中风，现在正在抢救。她现在不能离开医院，暂时没办法来，要曲娟先睡，等她父亲病情稳定了，她哥哥姐姐来了，她会马上赶到曲娟家。

这时曲娟听到电话里有人在喊王老师，好像是说要找人输血。

王老师对曲娟说："对不起，我向你妈妈承诺了时时陪伴在你的身边,今天我没做到。你是个勇敢的孩子,关好门,做完作业就睡觉,老师尽量早点到你家来。"

曲娟是个懂道理的孩子,她没有怪王老师,王老师不能预见她的爸爸会突发疾病,她也不希望她的爸爸发病呀。

这对曲娟是个很大的考验。说起来也奇怪,曲娟等王老师的时候,一点也不害怕。王老师来电话说她要晚一点来,让曲娟先睡,曲娟的心一下子就提了起来,"扑通扑通"跳得像敲鼓。她把家里的灯又全部打开,坐在客厅看电视。反正现在她一点睡意也没有。

其实,电视里演的什么曲娟根本没有看进去,因为她的心思不在电视上,在考虑今天晚上怎么过。

首先,曲娟想给妈妈打电话。可是她想:给妈妈打电话有什么用?这么远妈妈能赶回来吗?曲娟打消了给妈妈打电话的念头。

曲娟估计王老师今晚不会来了,她问自己:我究竟怕什么?怕鬼吗?我已经是五年级的学生了,相信这个世界上没有鬼。老师在课堂上说过,古时候是因为科学不发达,对好多事物不理解,比如人为什么会做梦,天上为什么会打雷,坟地里晚上为什么会有蓝色光亮,他们解释不了,就以为另外有东西在操纵这一切,得出有鬼的结论。现在科学发达，这些问题早已不是问题了，所以大家也就知道世界上没有鬼。我既然知道没有鬼，那怕什么呢？真是莫名其妙！

这样一想，曲娟没有刚才的那种畏惧心理了。她对自己说：王老师多次表扬我勇敢，妈妈也称赞我进步很大，我也常和别人夸口，说自己现在不胆小了。

曲娟觉得自己信心百倍，起身关了电视，上床睡觉，但没有关灯。

不知是什么时候，曲娟听到敲门声，声音很大。曲娟走到门边，就听见王老师在门外喊："曲娟，是我，我是王老师。请开门。"

王老师刚一进来，曲娟就扑在她怀里，说："王老师，我没有害怕。"

王老师说："都是老师预见性不强，考虑不周到。好了好了，没事了。我爸爸的情况已经稳定了。我哥哥姐姐他们来了，我又可以时时刻刻陪伴你了。"

王老师见灯都开着，也没说什么，只动手关了一些。她没有责备曲娟浪费电，却表扬曲娟说："不错，没有看电视，在复习功课。"

曲娟没有更正说自己是在睡觉，她很在乎老师的表扬。

早上刚到六点钟,妈妈来电话了,开口就问:"娟娟,你一个人在家睡得好吗?"

曲娟奇怪了:妈妈怎么知道我一个人在家?难道真的是她和王老师的安排?

妈妈告诉曲娟,昨天晚上王老师给她打了电话,说她家里出了事,不能来陪曲娟。王老师征求妈妈的意见,要不要把曲娟送到另一个同学家去。

后来,她们商量觉得没有必要,那样做就会承认曲娟胆小,使曲娟对自己没有信心。她们决定让曲娟一个人睡,让曲娟经受锻炼。妈妈还是怕出意外,就给物业值班室的叔叔打了电话,请他们在夜间巡逻时关注一下曲娟家。

曲娟想:好在我昨天晚上表现好,经受住了考验。

曲娟跟妈妈说:"后来,王老师又来了。还只有一个晚上,不要王老师来了,我自己睡。"

妈妈听了,兴奋地说:"我的女儿长大了,我要打电话告诉你爸爸。"

最后一天,放学后王老师还是陪曲娟去吃饭、散步、做作业,睡在她家。她说:"我已经答应了你妈妈,答应了的事就一定要做到,有困难也要克服困难做到。再说,让你一个人睡在家里,我也不放心。"

妈妈终于回来了，给曲娟带回一个只有打火机那样大的音乐盒，里面有一块像指甲盖一样大的内存卡，可以从网上下载自己喜欢的歌曲，学习疲劳的时候，可以听听音乐，放松一下精神。

曲娟特别喜欢这个音乐盒，非常感谢妈妈。她很希望妈妈问她这几天的感受，可是妈妈一个字也没提。曲娟有点纳闷：妈妈怎么这样不关心我呢？后来曲娟想，到了自己这个年龄应该可以单独生活了，没有什么值得一提的。

到晚上要睡觉的时候，曲娟实在忍不住了，问妈妈："你怎么不问我这几天好不好？"

妈妈说："我回来看到你高高兴兴的，穿得整整齐齐，就知道你这几天过得很好。再说，我们不是天天打电话嘛。"

妈妈的话很实在，虽然没有表扬的话，但让曲娟觉得这是她的心里话，比从前的表扬更让她受用。

她有一颗感恩的心

过完暑假,五年级三班就升入六年级了,他们再学习一年就要升入初中了。他们这个班发展很平衡,50个学生,没有掉队的。

六年级三班的学生有不少是独生子女,爷爷奶奶、外公外婆四个人只有一个孙子,对孩子宠爱有加,管教不够,于是会有个别学生学习积极性不高,成绩不理想。他们总会制造一些麻烦,有的学生喜欢打小报告,和同学闹不团结……这类学生王老师在心里叫他们问题学生。

问题学生中转变最快、效果最好的要算原来有心理问题的曲娟。无论是学习成绩,还是心理素质、身体健康都有一个飞跃。和两年前相比,她判若两人。原来苍白的面容，现在红彤彤的，原来总是低着头，不敢和别人对视的她，现在是班上的活跃分子，班上大大小小的活动，她都积极参加。她是这个班集体中的优秀成员，再不是以前那个游离在集体边缘的可怜虫。

曲娟聪明敏感，是棵好苗子。不过，她过于敏感，好多孩子们想不到的事，她能想到。自从她爸爸去国外工作以后，爱思考的她，目睹妈妈一边上班一边做家务的辛苦，感受到妈妈的不容易，从而产生了一种可贵的感恩之心，她又把这种感恩的心化作实际行动，去回报妈妈。

那天早自习曲娟来得迟一点，不声不响走到座位上自习。王老师知道，她一定又是帮妈妈干什么去了。有时是妈妈忙，来不及洗衣，有时是妈妈忘记带药，有时是妈妈走得匆忙，把手机落在家里了，她都会帮妈妈把这些事办好。

那天课间活动时间，王老师见曲娟一个人坐在教室里，就走过去和她聊天，想了解她的思想动态。

王老师问曲娟："你今天怎么又差一点迟到？你耽误了晨读，这段时间是学习时间。我昨天交代了你们，要你们在这段时间里预习课文，你预习了吗？"

"老师，对不起。不知道我妈妈要户口本干什么，昨天晚上翻箱倒柜地找，没有找到。今天妈妈单位有事，她比我早一点上班去了，我就在家帮她找户口本。"

王老师见曲娟能这样主动为妈妈分担家务，很是宽慰，但她还是劝导曲娟："你的任务是学习，你不能因为家务事分散精力，影响学习。"

曲娟沉默了一会儿，低下头，喃喃地说："老师，你不知道我妈妈有多累。她才做财务总监，业务不熟，经常把白天没有做完的事带回家来做，有时还打电话去问上海总部的老师，常常半夜才睡。每天不到6点钟，她就要起床，给我做早餐。中午别人休息，她要去买菜。下班回来要给我做饭，洗衣，收拾屋子。唉！爸爸来电话总是说还有两年，让她坚持。"

王老师第一次听到学生说父母累，第一次有学生说感谢妈妈为自己付出的劳动。她很感动，眼泪都差点掉下来了。

为了鼓励曲娟更好地学习，王老师说："你知道妈妈为什么这样做吗？"

"我知道，她是为了我。所以，我如果成绩不好，就对不起妈妈。"她低下头说。

王老师心里一动，不行，不能给曲娟这样大的压力，不能让她背上精神包袱，于是说："我们学习是为了自己，不是为了妈妈。只要你尽力了，成绩倒不是最重要的。"

不久，曲娟妈妈给王老师来电话，询问曲娟近来的学习情况，顺便又聊了聊曲娟的思想动态。

曲娟妈妈说："这孩子太懂事了，只要是她比我先回家，她就给我泡上茶，帮我做一些她能想到的家务活，让我感动。她想减轻我的负担。我跟她说：你不要这样，只要你学习好，不生病，就是对妈妈最好的回报。"

王老师把曲娟的思想和行动作为好的典型向学校做了汇报，当即引起老师们的讨论。

有的老师说，现在有的孩子，一个个不是"小皇帝"，就是"小公主"，被大人宠坏了。他们自私、任性、依赖、爱发脾气。只知道索取，不懂奉献和感恩，只要别人爱自己，不懂得去爱别人。有的老师说现在的孩子目空一切，认为别人对他的关爱是理所当然的。有的老师说，我们应当对学生进行感恩教育，让学生认识到，从亲人和社会得到的关爱都是恩，我们应当以感情和行动去回报。学生年纪小，干不了大事，先从小事做起。

校长综合老师们的意见，决定对学生进行感恩教育，举办一次"感谢爸爸妈妈"的演讲会，让学生们谈谈他们耳闻目睹父母为自己做了些什么，体会父母的辛劳，自己面对这些有些什么感想。

这个活动开展之后，得到了家长的赞扬和支持，不少家长打电话来，说自己的孩子好像懂事多了，有时候家长忙，该帮孩子办的事没办好，孩子也能谅解，不发脾气了。有的家长说，孩子比以前尊敬他们了，口气不像以前那样横蛮了，有事要他们做，也是商量的口吻，不像以前那样下命令了。

学校决定，一个班选两个学生参加演讲会。

六年级三班有几个学生报了名，其中就有曲娟。报了名的学生当然想去演讲，于是王老师让这几个学生先回家写好演讲稿，老师看看稿子的内容再决定谁去参加演讲会。

王老师看了大家的稿子后，定了曲娟和戴昂去演讲。

戴昂的爸爸妈妈开了一家小吃店，家庭比较富裕，平时花钱大手大脚，喜欢显摆。他的稿子中写道，他的爸爸妈妈每天早晨三点钟就要起床，这时，自己还在睡梦中。晚上，他做完作业，准备睡觉了爸爸妈妈才打烊回来。他们从来没有休过节假日，因为，节假日里生意更好。他知道，他花的每一分钱，都是爸爸妈妈的汗水换来的。可是，自己从前不懂得珍惜，花钱不计划，有时还造成浪费。现在学校提出要学会感恩，自己才意识到过去做得太不应该了。今后，要学会感恩，要珍惜爸爸妈妈的劳动所得，学会勤俭节约。

王老师觉得戴昂的稿子事实生动，感情朴实，对学生有启发，同学们也容易接受。所以选了他。

曲娟写了她妈妈为了让她克服恐惧心理做的一些事情。她说自从那次目睹车祸的发生，她怕看见汽车，看见汽车就会想起那血淋淋的现场，想起那个受伤的司机。她怕黑暗，总担心会从黑暗中钻出什么来。她怕开电灯，怕触电，怕开电视机，怕电视机爆炸。反正她什么都怕，一步也不敢离开妈妈，什么都要妈妈帮她做。正在这时，爸爸又出国工作去了，妈妈每天要工作，还要给她做饭、洗衣，陪她睡觉，可把妈妈累坏了。后来，是妈妈和老师帮她培养自信，让她认识自己，肯定自己，一步一步远离恐惧，恢复正常心理，逐步走向正常。她感谢妈妈，没有妈妈，就没有今天的她。

曲娟的演讲稿像她的人一样细腻，柔和，好多细节是孩子们注意不到的，忽略了的。但从她的嘴里说出来，让人信服，不容置疑，产生感情共鸣。所以王老师决定让曲娟去演讲。

但有一点王老师不放心，这次去演讲，不是面对全班同学、全年级同学，而是全校同学。曲娟到时候会不会怯场，要是她怯场，站在台上讲不下去了，那后果不堪设想。为此，王老师想了很多办法。

克服上台恐惧的第一个办法是多练。王老师交代曲娟，回家把妈妈当成听众，多练习几次。她又组织几个班干部，听曲娟演讲了一次。最后，利用班会，让曲娟和戴昂演讲了一次。

第二个办法是王老师帮戴昂和曲娟做了一些卡片，把稿子每段的开头写在卡片上，万一怯场可以看一看。

第三个办法是告诉他们，如果演讲时感到紧张不安，就做深呼吸。

第四个办法是，演讲前做好他们的心理疏导工作，告诉他们，演讲时台下的灯光全熄灭了，只有台上的灯亮着。台上的人看不清台下的人。你们就只当台下没人，是在家对着妈妈演讲。再说，台下都是你的老师和同学，大家只希望你讲得好，想帮助你，没有什么可怕的。

那天演讲会上，王老师比两个学生都紧张，来来回回在过道上走。心想：万一曲娟怯场了，自己就上台帮助她。

当曲娟出现在台上时，王老师的眼睛死死盯着她，仔细听她说出的每一句话。渐渐地，王老师吊在嗓子眼里的心落到肚子里了。

台上的曲娟，虽然个子不高，但行动是那样稳重，不慌不忙，神色庄严，口齿清楚，眼睛平视，充满信心。王老师心中暗暗叫好："曲娟，好样的，你战胜了自己，你成功了！"

演讲大会结束，曲娟看见王老师的第一句话是："老师，你坐在台下能听清我说什么吗？"她只担心自己的嗓音不够大。

王老师问她："今天上台是不是感到紧张？"

她笑着说："我在后台候场的时候，确实心跳得厉害。我记起你告诉我的，做一做深呼吸。我就面对墙壁做深呼吸，一边做，一边数手指头。过了一会儿，果然没有刚才那样紧张了。等到老师叫我上场时，我已经平静下来了。这时，我什么也不想，思想全放在演讲稿上，忘记了台下有那么多的人。当我演讲完了，台下响起掌声时，我才记起有那么多人在听我演讲，倒有些后怕。不过已经不要紧了。"

王老师看着满脸是笑的曲娟，心里说："孩子，你的心理健康了，你再不是个胆小怕事的女孩了，你是个正常孩子了。"

六年级三班两个学生的演讲得到了全校师生的好评。他们称赞戴昂敢于解剖自己，敢于承认错误，是个小小男子汉。他们说曲娟的感情丰富、真挚，语调抑扬顿挫，感动了在场的每一个人。

新学年开始，六年级三的班干部要重新选举了。王老师让同学们酝酿了两天，这天利用班会课进行正式选举。

第一个议程是由学生提名。王老师要求每一个提名的同学说出被提名同学的优点，说出提他做班干部的理由。

选好班长之后，接着又选学习委员。

第一个发言的是汤灿，她说："我同意曲娟当我们的学习委员。"

马上有人附和，说同意。

王老师问汤灿说："你要摆出你选她的理由，说说她的优点。"

汤灿说："曲娟是个负责的同学，她当小组长，工作细心，从来没有发生过丢失同学作业本的现象。原来我就丢失过几个作业本。而且，她也耐心，有同学动作慢，没有做完，她也不催他，也没有怨言，一直等他做完。"

这时，吴斯然插嘴说："有一次，我一时糊涂，被一道公式卡住了，就是解不出这个题。她站在旁边半天了，没有说话。最后，还是她告诉我怎么做，我才解出来。"

第二个发言的是戴昂，他说："顾名思义，学习委员是管学习的，那么这个人自己要爱学习。曲娟同学就爱学习。她不但上课认真听讲，而且爱看课外书籍。她已经读完了《冰心散文集》《格林童话》《伊索寓言》，我很佩服她。还有，我认为，学习委员应该成绩好。曲娟的成绩门门都是优，就连英语都是优。她有资格当学习委员。"

这时陈向东提出来，有人比曲娟成绩更好，为什么不选择这个人呢？

汤灿站起来说："因为曲娟更负责。"

这个补充得到了大家的认可，大家鼓掌表示同意。

这时李晖发言，说："我选的也是曲娟。她这个人能坚持正义。那天，她的一道数学题与老师的解法不相同，老师在她的作业本上打了一个叉，判她错误。她不服气，下了课，拿了作业本上办公室找老师辩论。老师没时间，她放了学又堵在办公室门口，直到老师弄清楚她的这种解法也有道理时，给她打了一个勾，她才收兵。"

有人笑话这个同学说："这不叫坚持正义，应该叫敢于维护自己的正当权益。"

大家认为这也不叫维护正当权益，应该说她能够坚持自己的正确意见。

王老师示意大家不要分散注意力，现在是在选学习委员。

王老师问大家还有没有不同的意见，不然，就可以举手表决了。

这时，有一个同学举手表示有不同意见，他说："班干部应该是三好学生，曲娟身体不好。曾经在体育课上晕倒了，这说明了她身体不好，不够三好学生资格。"

这时，曲娟举手要求发言。

曲娟说："我不同意你的说法。两年前，我是身体不好，而且是非常不好。我贫血，血色素低于正常人，常常头晕。但今天不是两年前了，我现在天天坚持锻炼，原来是散步，现在是打羽毛球。请同学们回忆一下，去年以来，我请过病假吗？没有吧。我现在身体很好。"

很多同学同意曲娟的说法，站在曲娟一边，叽叽喳喳都想发表自己的意见。教室里闹哄哄的。

曲娟的发言让王老师震惊，她简直不相信这是曲娟。这是两年前那个动辄就病倒，动辄就哭泣，胆小如鼠，什么事都依赖妈妈的曲娟吗？她是有进步，大家都能看到她在进步，没想到她居然能当着全班同学的面和同学争辩，申明自己身体健康，而且这样理直气壮，这样慷慨激昂。看来，她现在心态平衡，性格开朗活泼，心理健康，是个正常孩子了。

王老师让大家安静下来，说："对曲娟当学习委员有两方面的意见，一方面认为她能胜任这个工作，一方面认为她身体不好，不能当学习委员。是这样，我们还是按原来的规矩，全班同学举手表决。现在，请同意曲娟当学习委员的同学举手。"

王老师的话音刚落，同学们的手像雨后春笋一样竖起来。王老师用眼睛扫了一下，全班同学都举手了。为了慎重起见，她走下讲台，再一次数了一下，是的，没错，全票通过。这两年曲娟的人际关系得到了改善，不然没有这么多人支持她。

王老师问刚才那个反对曲娟的同学："你刚才不是反对她当学习委员吗？"

这个同学说："我以为她身体不好，假如她病了就没人收作业。她现在身体健康，是我误会了她。她有当学习委员的资格，我为什么要反对呢？"孩子们真是光明磊落，像白纸一样纯洁。

于是王老师宣布:"从现在起,曲娟就是我们班的学习委员了。希望她能很好地为同学们服务,认真负责地当好学习委员。"

接下来他们又选文体委员。

在小学的最后一年里,学生不但要学习新的知识,而且要对小学阶段的知识进行全面复习,然后才能顺利地进入中学。所以,学习任务很重,老师布置的作业多起来,考试也多起来,大多数学生不自觉地紧张起来,教室里打打闹闹的现象少多了。

新一届的班干部都很负责,是老师的小帮手,尤其是班长和学习委员,帮老师做了很多工作。

现在,老师和同学们的心目中的曲娟,再不是病病歪歪的形象了,她现在给大家的印象是风风火火,能干而且肯干。她再也不一天到晚躲在座位上了,下了课她有好多事要做。只要值日生忘记了擦黑板,她就一声不响把黑板擦干净。有同学惯不好,乱扔垃圾,她会悄无声息地把垃圾捡起来,丢到垃圾桶里。

教室后墙上有一块黑板,他们利用它办了黑板报。在上面表扬班上发生的好人好事,对一些不良现象进行批评。自从曲娟当了学习委员之后,办黑板报的事就由她带领几个同学包干了，而且办得很有特色。批评人的文章少，表扬人的稿子多。很多同学受到表扬之后，以此为荣，表现得更好了。有的同学做了好事，就盼望黑板报换内容，希望下期黑板报能表扬自己。

如果有同学吵架，只要曲娟看见，她就会去干预，要么批评谁做得不对，要么劝说他们不要吵，要是还搞不定，她会拖他们去办公室，找老师评理。在过去，她最害怕的就是同学吵架，她避之不及，哪里敢去干涉。

一天，曲娟的妈妈给王老师打电话，询问曲娟在学校的表现。王老师向她报喜之后也问她，曲娟在家怎么样，是不是和在学校一样优秀。

曲娟妈妈很激动，说："今年她上六年级了，进毕业班了，学习比从前紧张了，可是，她一回家就帮我擦地板、洗衣洗碗，还经常说一些安慰我的话。她说，妈妈你太辛苦了，我长大了就不让你这样辛苦，我会为你分担一部分责任的。王老师，你说，当你听了这样的话之后，你有什么理由不努力工作，有什么理由不热爱生活。"

曲娟的妈妈很感激王老师，见了面，总是说些感谢的话，弄得王老师挺不好意思的，再三说工作是老师和家长一起做的，并不是她一个人的功劳，她只是在理论上懂得多一点，磋商时，出的主意多一点，而且这是她应该做的。

　　苏联的教育学家苏霍姆林斯基早就说过：教育的全部真谛在于一个"爱"字，王老师从心底里爱她的学生，在对学生实施教育时，无时无刻不在付出爱。

10 见义勇为的小英雄

曲娟的妈妈工作很出色,总部给她加了薪,年终还发给她一笔可观的奖金。妈妈对曲娟说,她的成绩里面有曲娟的功劳,不是曲娟在家里支持她,她不可能全心全意去工作。所以妈妈拿到奖金的当天,就给曲娟买了一台电子英汉词典,这可是曲娟早就想要的。

曲娟开玩笑说:"你的成绩里面没有爸爸的功劳,他躲到国外去了。"

妈妈说:"爸爸对家庭的贡献没有我们大,但对国家有贡献,他的贡献比我的还大。话要这样说,爸爸的成绩里有我们的功劳,我们可没拖他的后腿。"

曲娟听了马上自责,心想:我考虑问题总是那样片面,只想到自己。

见义勇为的小英雄

妈妈又说:"其实爸爸比我更辛苦,有时为了赶工期,他们工作起来没日没夜,而且吃得不习惯。所以,以后电话里只告诉爸爸好消息,让他高兴。"

曲娟暗暗下决心,一定努力,考出好成绩,让爸爸妈妈高兴。因为曲娟知道,每当自己考试得了100分,拿卷子给妈妈看时,她笑得最甜、最开心,比她自己升了职、得了奖金还高兴。

妈妈打来电话,说今天晚上加班。

曲娟傍晚没有出去锻炼,在家搞卫生。她要让妈妈回来感到家里干干净净,非常舒适,可以好好地休息。别的女强人家里有爱人帮忙,爸爸在国外工作,没法帮妈妈,曲娟要让妈妈感觉到,她不是孤军作战,家里有女儿帮助她,精神上有爸爸支持她。

曲娟正在擦桌子,妈妈来电话了,问她在干什么,曲娟说她正在跳舞。曲娟没有跳舞,却告诉妈妈说她在跳舞,因为现在正是锻炼的时间。不过,曲娟认为这是善意的谎言,为的是不让妈妈操心,其他时候,她可没有说过谎。

听完妈妈的电话,曲娟又继续擦桌子。干家务确实无聊,于是,她打开电视机,一边干家务,一边听电视。曲娟喜欢看当地新闻,觉得听听自己身边发生的事也挺有意思。

突然，曲娟听到电视里在说泰和小区，她想：是在说我们小区吗？她抬头看见荧屏上出现的是自己小区大门外的场景。她停下手里的活，站着专心看了起来。

这时主持人还在报道发生在泰和小区门前的事，原来，中午一个姑娘下班回家，从泰和小区旁边的小巷子里经过，被后面一辆摩托车上的年轻人抢走了挎包。摩托车上的人并没有下车，他们伸手把挎包抢到手之后，一溜烟跑了。等这个姑娘回过神，明白发生了什么事时，摩托车已经不见踪影。她连这两个人长得什么样，车牌号码是多少都没有看清楚。

主持人说：劫匪逃走的这条路比较偏僻，道路狭窄，汽车一般不进去。路上行人稀少，加之这条小街上没有安装监控摄像头，所以警方现在几乎找不到线索。主持人号召目击者站出来，提供线索，帮助警察破案，同时也提醒广大群众，提高警惕，不要单肩背挎包，不要独自一个人走偏僻巷道。

曲娟这才体会到为什么妈妈总是嘱咐她不要到外面闲逛，说坏人专门欺负小孩和老人。这不，他们现在又欺负女人。真可恶！

曲娟非常憎恨抢挎包的歹徒，心想：可惜我不在场，我眼睛好，一定能看清楚摩托车的车牌号码。知道车牌号码就能找到摩托车，找到摩托车就能找到抢挎包的人。

第二天放学，曲娟走出校门，看到马路对面的辅路上停着一辆红色摩托车，上面坐着两个年轻人，他们一边抽烟，一边在嘀咕什么。

曲娟记起了昨天的地方新闻报道，马上产生联想：那两个抢挎包的人也是他们这样大的年纪吗？她随意看了他们一眼。前面那个穿一件蓝色T恤，后面那个穿一件白色短袖衬衫，长得很酷，像电影演员。曲娟笑了，这两个人怎么也不像劫匪。有这样的劫匪吗？自己想得太离谱了，要是这两个人知道别人把他们当劫匪，不跳起来骂人才怪。

晚上妈妈回来了，显得很疲倦。洗了澡，穿着睡衣，看看什么也不用干，就说："娟娟，妈妈今天很累。这几天又没有陪你去锻炼。来来来，坐下来看一会儿新闻，再去做作业。"

曲娟挨着妈妈坐下，把头靠在妈妈的手臂上，妈妈的手臂拥抱着她。她闻着从妈妈身上散发出的沐浴液的香气，感受到妈妈的体温，幸福极了。母女俩安详地看着电视上播放的发生在她们城市的事。

主持人播放了市政府召开交通工作会议、她们城市被评为卫生城市、新建的一条公路竣工通车等重大新闻之后，又说到了城市的治安问题，主持人把镜头对准了体育场旁边的一条小巷子，报道说，继昨天有一个女青年挎包被抢之后，今天下午又发生了一起飞车抢夺案，又有一个姑娘被人抢去了挎包。案发的地点是体育场旁边的小巷子里。这次有一个行人走在他们的后面，目睹了抢劫的经过，他马上掏出手机，想把当时的情景拍下来，但事情发生得太突然，整个过程只有几秒钟的时间，他只来得及拍下了这两个劫匪逃走时的背影。

主持人还说，这两个劫匪选择的作案地点有几个特点：街道狭窄，汽车进不来；地处偏僻，路上行人稀少；最重要的一点，是没有监控摄像头。主持人义愤填膺地说：这两个劫匪真是猖狂到极点，居然敢连续作案。公安干警表态，一定迅速破案，抓到这两个劫匪，严惩不贷。

当这两个劫匪的照片出现在屏幕上时，曲娟站了起来，这两个人的背影非常像她今天中午看见的那两个人。是的，一定是那两个人，曲娟的印象特别深，一个穿蓝色Ｔ恤，坐在摩托车的前面，开摩托车。坐在他后面的那个人穿白色短袖衬衫。

10 见义勇为的小英雄

曲娟把这事告诉妈妈,妈妈说:"我带你去派出所,你把你看到的告诉警察叔叔,也许对他们破案有帮助。"

曲娟又有点担心,当时自己看得不是十分清楚,光凭两个人衣服的颜色就去指认他们,不是百分之百有把握,假如不是他们呢,冤枉了好人怎么办?

妈妈说:"我们又不是说他们是劫匪,只是向警察叔叔提供线索,警察叔叔也不会就凭你说的把他们抓起来。"

妈妈不顾旅途的疲劳,换好衣服带着曲娟去了派出所。

警察叔叔听曲娟叙述了她看见那两个年轻人的情况,很高兴,表扬曲娟说:"你做得对,因为缺少线索,我们正着急呢。没准,你提供的情况能帮我们的大忙。"说完,他打电话叫来了另一个警察。

这个警察叔叔是负责这个案子的。他问了曲娟几个问题:"这两个人多高?"

曲娟回答说:"一个大概一米七,另一个不知道,因为他坐在车上。"

"你估计他们多大的年纪?"警察叔叔问。

"二十一二,或者二十三四,也许二十五六。"说实在的,曲娟说不好。

"他们的长相有什么特点没有,比如胳膊上有文身图案，或者有什么缺陷？"警察叔叔又问。

曲娟没看清楚，当时她不知道他们是劫匪。曲娟埋怨自己，当时多看两眼就好了，就不会让警察叔叔失望了。曲娟很抱歉地回答："当时，我只觉得他们长得帅，没发现别的。"

警察叔叔说："不要紧，你已经很不错了。小小年纪，对周围的人观察这样细致，我还没见过。你将来也可以当警察。"

"真的吗？"这下曲娟可高兴了，因为警察叔叔说她有当警察的潜质。曲娟原来的理想是当个医生，去抢救那些生命垂危的人，从死神手上把他们救回来。现在，既然警察叔叔夸奖自己有当警察的潜质，那她将来长大了就去当警察。穿警服多光荣、多威武、多神气！坏人见到就望风而逃。

警察叔叔希望曲娟能带他去指认一下那两个年轻人站的具体位置。曲娟就带他们来到学校旁边。

警察叔叔对曲娟和妈妈说："这个商场门口正好有一个监控摄像头，我去商场调取当时的录像。你们回去吧，有事需要你帮忙，我们再找你们。谢谢你们了。"

妈妈说："不用谢，这是我们应该做的。维护城市治安，人人有责。"

曲娟觉得妈妈说得好，认为自己就说不出这样有水平的话。充其量自己就会说"不用谢"。

第二天晚上，曲娟要妈妈打电话问问那个警察叔叔抓到那两个坏蛋没有。

警察叔叔说曲娟提供的地点非常准确，他们在商场看了那天中午的监控录像，确实有两个年轻人骑着摩托车停在那里没有走，他们请那个目击者来辨认，目击者肯定地说："就是这两个人。"

警察叔叔说："我们本来只有这两个劫匪的背影图像，不知道他们是什么样子。你提供的线索，让我们找到了这两个嫌疑人的正面图像。我们已经把他们的图像放到网上进行追逃，抓到他们指日可待。谢谢你们的帮助。"

太好了，曲娟仿佛看到那两个坏蛋站在法庭上，接受审判。大家都向曲娟伸出大拇指，夸奖她提供了线索。曲娟心头升起从未有过的成就感。

后来，妈妈又去过几次电话，询问破案的进展情况。

警察叔叔说，仅仅靠监控拍下的图像，想在茫茫人海中找到他们实在太难，他们正在发动群众排查，不久一定能把他们捉拿归案，绳之以法。

因为学习比较忙，每天不是考试就是作业，思想上不得空闲，没有时间去想与学习无关的事，曲娟也就淡忘了劫匪。不过曲娟只要看见小巷子，就会记起那件事，会下意识地看看小巷子里有没有人。

两个星期后，天气渐渐转凉，妈妈已经给曲娟换上秋装了。那天是星期天，妈妈说她要休一天假，带曲娟去口腔医院检查牙齿，因为曲娟有一颗牙齿有点松动。

医生给曲娟的牙齿拍了一个小小的片子，片子只有指甲那么大，挺好玩，然后诊断说，曲娟的牙齿问题不大，只不过牙龈有一点点发炎，开了一些药，交代曲娟要注意口腔卫生，早晚要刷牙。

曲娟挺爱面子的，忙解释说："我天天刷牙。"

医生说：那就是刷牙的方法不正确。他告诉曲娟正确的刷牙方法是上下竖着刷，而不是横着刷。而且，要让牙膏在口腔内停留的时间长一点，起码要5分钟。他又免费送给曲娟一个沙漏，交代她，沙漏里的红沙漏完就是5分钟了，就可以结束刷牙了。

妈妈带着曲娟在口腔医院折腾了一个上午，当她们离开医院时，已经到了吃午饭的时候了。妈妈说，她知道美食街有一家小餐馆，很干净，也不贵，干脆上那儿吃一顿，不用回家再做了。

美食街是一条小巷子。巷子很窄，但很干净，一眼看过去，几乎都是小餐馆。

妈妈带着曲娟一直朝前走，一边走一边寻找那家去过的餐馆。所以走得很慢。这时一个穿着套装的姑娘从他们身边经过，这个姑娘可能有急事，脚步匆匆，几步超过曲娟，走到前头去了。

当这个姑娘经过曲娟的身边时，身上发出一种很好闻的香味，让曲娟多看了这个姑娘几眼。这个姑娘比街上走的一般人都时髦，套装式样很新潮，肩上背了个黄颜色的挎包，高跟鞋的后跟很高，而且细细的，走起路来"的笃的笃"，像个模特，比曲娟妈妈年轻漂亮。

曲娟轻声地问妈妈："她的身上什么东西这么香？"

妈妈说："她喷了香水。"

曲娟正要问妈妈为什么不喷，这时只听到后面传来摩托车的声音，一辆摩托车从她们身边擦肩而过，险些撞倒了曲娟。

妈妈赶紧把曲娟往旁边一拉，转身挡在曲娟的前面保护她，并大声叱责开摩托的人说："开那么快干什么，撞了人怎么办？"

摩托车上的人根本没理会她们，一眨眼工夫就跑到了她们前面那个姑娘身边，说时迟，那时快，坐在摩托后座上的那个人，伸手抓住了那个姑娘挎包的背带，用力一拖，想要抢走挎包，但没有做到，虽然挎包的带子从姑娘的肩上拖下来了，但那个姑娘死死抱住自己的挎包不松手。

那个劫匪拼命拖，把姑娘拖倒在地上，就是倒在地上姑娘也不松开抱着挎包的手，并且翻身把挎包压在身下。

这时摩托车继续往前开，惊人的一幕出现了，摩托拖着这个摔倒在地上的姑娘往前跑。姑娘漂亮的高跟鞋被拖掉了，衣服被划破了。姑娘不顾一切，死也不松手。

摩托车碰到了路中央一个插遮阳伞的水泥墩，开不动了，坐在后座的那个年轻人跳下摩托车，去抢姑娘怀里的挎包，遭遇到姑娘的顽强反抗。这个丧心病狂的家伙，用脚去踢这个姑娘，抓住姑娘的头发，把她的头往地撞。

曲娟的心一阵阵战栗，神经高度紧张，浑身发抖。

曲娟突然认出，这就是那天把摩托停在学校对面的那两个人，也就是上次的劫匪。曲娟怒火中烧，不顾一切跑了过去，嘴里一边喊："抓住他，抓住他。"

曲娟尖利的叫喊声，引起了正在吃午饭的人们的注意，他们纷纷把目光投向街道上正在搏斗的人身上，马上有人响应，喊："抓劫匪，抓劫匪！"

那个正在和姑娘抢包的劫匪只好停止抢劫，马上爬上摩托的后座，对他的同伙说："快走！快走！"

这时曲娟和妈妈已经跑到那个姑娘身边，妈妈去扶那个姑娘，曲娟跟着大人去追赶劫匪。

那两个劫匪在众人的追赶下，十分惊慌，一头撞到一家餐馆门前的三轮车上，摔倒在地上，他们爬起来就跑。

这时，整条街的人都行动起来了，形成了包围圈，劫匪的前面有几个人在堵截，后面有很多人在追赶，他们无路可逃，就拐进路边的一家小吃店。曲娟跟在他们后面进了小吃店，一眨眼就不知他们藏到什么地方去了。曲娟径直走到小吃店的后门口，还是没有看见他们，一回头，看见一个劫匪躲在储藏室的门后面，她大声叫喊："快来人呀，在这里，在这里！"

这个劫匪从怀里抽出一把小刀，眼露凶光，向曲娟扑过来，曲娟还没来得及反应，只知道他一刀刺向自己的胸膛，就什么也不知道了。

当曲娟醒过来时，她已经睡在医院的病床上，第一眼看到的是妈妈，妈妈两眼含泪，却笑得那样开心。

周围的人都看着曲娟，护士姐姐说："好啦，好啦，醒过来了。"

妈妈说:"你吓死妈妈了。"

曲娟正要说话,妈妈说:"你不要说话,医生交代,这几天你要好好休息,不能说话。我告诉你,那两个坏蛋被大家抓住了,被警察叔叔带走了。那个勇敢的阿姨也受了伤,这不,她就睡在你的旁边。"

这时,旁边床上的阿姨向曲娟打招呼,说:"娟娟,谢谢你的帮助。"

曲娟奇怪了,心想:我不认识她,她怎么知道我的名字?那一定是我睡着了的时候,妈妈告诉她的。我喜欢她,她太勇敢了,敢赤手空拳和歹徒作斗争。

那个姑娘的头上绑着绷带。曲娟知道她脸上的伤是在地上拖的时候被擦破的,头上的伤是歹徒打的。那多痛呀。

曲娟想向她招手。她这时才发现,自己的胳膊上还扎着针头,在输液呢。胸口上的伤口也很痛,不能说话。

医生来了,说:"曲娟,你很勇敢,很了不起。"

曲娟听到别人表扬她,不好意思,脸红了。

医生接着说:"不过,我们不主张孩子参加抓捕坏蛋的行动,这是大人的事,孩子太小。这次曲娟很危险,那一刀离心脏只有两厘米远,再向左一点点,她的一条命就报

销了。大人当时做什么去了？也不保护她。"

妈妈委屈地说："当时这个姑娘晕倒在地，我忙着去扶她，没顾得上管曲娟，哪里想到曲娟会去追坏蛋。她过去可是个胆小的孩子。"

大家笑起来，有人说："她胆小，谁相信啊！"

曲娟有点不好意思。

听说曲娟醒了，几个警察叔叔来看曲娟，送给曲娟一束鲜花。其中一个叔叔说："曲娟，这次多亏了你给我们提供线索，后来又帮我们抓歹徒。我们已经向上级部门申报，要求授予你'见义勇为模范'的称号。"

警察叔叔告诉曲娟，那两个歹徒是外地人，打牌赌博欠了高利贷，为了还债，只好铤而走险去飞车抢劫别人的钱财。他们作案十几起，这次被群众当场逮住，等待他们的是法律的制裁。

有一个叔叔问曲娟："你去追歹徒时，他们是大人，你是小孩子，你不害怕吗？"

曲娟实话实说："歹徒抢阿姨的挎包时，我非常害怕，甚至发抖。但是当我看到坏蛋用脚踢阿姨，打她的头时，我又愤怒又担心。我特别担心坏蛋把阿姨打坏了。这时就什么也不想，什么也不怕了。"

"你是个小孩，追坏蛋时，怎么也要离他远一点，你打不过他们。"另一个叔叔说。

曲娟回忆了一下当时的情景，回答说："我并没有想要亲手去抓坏蛋，我知道我抓不住他们。我只是想不能让他们跑了，溜了。我跟着他，盯着他，让大人来抓他，警察叔叔来抓他。谁知道他那样坏，躲在暗处，一下就到了我的面前，我跑都来不及了。"

在医院住了几天后，曲娟能下床走动了。

一天晚上，爸爸打来了电话。爸爸开口就说："喂，小英雄，我为你骄傲。"

曲娟心想：爸爸这么快就知道了。

爸爸又说："好女儿，爸爸要向你学习，不怕困难，坚持把这个项目做完，争取早日回国和你们团聚。"

曲娟问爸爸项目什么时候竣工。

爸爸说："快了，快了。只要竣工，我马上就回来，再也不离开你们了。"

曲娟说："爸爸，你安心工作吧。家里有我和妈妈呢。"

爸爸说："我的女儿这样勇敢，我当然放心。哈哈哈。"爸爸爽朗的笑声飞出窗外，在天空中回荡。

后记

曲娟从一个胆小怕事、时时刻刻离不开老师、家长，患有恐惧症的女孩，变成了一个见义勇为的少年，这中间倾注了老师、家长的大量心血，也借助了社会的关怀。

我们因此得出了一个结论，孩子有心理问题不要紧，只要得到家长、老师的重视，制定出正确的教育方案，给孩子适度的关怀、行之有效的教育，孩子的心理会慢慢恢复健康的。

我们呼吁，我们的社会、学校、家庭，在密切关注孩子学习成绩的同时，也要关注孩子的心理健康，使他们不但高分高能，而且品质优秀。

一个心理健康的小学生会有一些什么样的表现呢？我们可以归纳为以下几点，供老师、家长参考。

一、求知欲强

平常孩子好奇心重、爱看书、爱提问题、爱模仿别人、爱拆玩具电器，这都是探索欲望的表现，家长看见孩子把玩具拆得七零八落，千万不要阻挠责骂。有耐心的家长可以和孩子一道做这种游戏，指导孩子找出他想得到的答案。

二、意志坚定

意志坚定的孩子遇到挫折不退缩，做事能坚持到底。小学阶段孩子身上的意志形成发展很快，因此，我们必须从小抓意志的培养。我们可以有意地让孩子吃点苦，督促他做事要一心一意，孩子遇到困难时，要鼓励他去克服困难。

三、活泼乐观的性格

活泼乐观是新一代创造型人才的性格特征，活泼乐观的孩子充满朝气，有积极向上的品质，喜欢参加各种活动，对周围的人友好。一个被父母、老师和周围的人爱着的孩子，他享受到了充足的爱，就会形成活泼乐观的性格，反之，缺失爱的孩子会心灵扭曲，形成异常的性格。

四、心态平衡

心态平衡的孩子能正确看待自己，对待别人，特别是没有嫉妒心理。当别人做出成绩，当别人强过自己时，能冷静对待，抱着向人学习的心态。当某些方面，别的孩子强过自己的孩子时，家长要教育孩子正确对待，教育孩子要以比自己强的人为榜样，向他学习，力争赶上他，或者超过他，切忌嫉妒他、打击他。

五、富有同情心

一般来说，善良的孩子就会富有同情心。同情心是一种健康的、非常珍贵的感情。富有同情心的孩子容易和人相处，对别人的痛苦会表现出关心，他会去安慰、帮助遇到不幸的人。同情心会相互传递，当一个孩子摔倒了，一个有同情心的孩子会马上去扶起他，旁边本来冷漠的另一个孩子受到感染也会上前去扶他。

六、人际关系好

孩子如果能与自己周围的人处理好关系，不与别人争吵，不发生矛盾，和睦相处，发生了意外，周围的人会伸手帮助他，他的话有人听，有人赞同，那就说明这个孩子的人际关系处理得好。人际关系对孩子将来的人脉经营有着潜移默化的影响，所以，我们要从小关注孩子的人际关系好不好，培养他们与人相处的能力。

我们的未来社会需要掌握了先进科学知识、思想品德高尚、心理和身体都健康的建设者。